**이름 없는
집안일에
이름을
지었습니다**

이름 없는 집안일에
이름을 지었습니다

우메다 사토시 지음 ― 박세미 옮김

Denstory

여러분이 생각하는 집안일은 어떤 일인가요?

집안일이란……

요리

빨래

장보기

청소

겠지.

육아휴직 전에는 이렇게 생각했습니다.

하지만 현실은 아니었습니다.

집안일이란······

설거지 후 식기 건조대에 둔 그릇 물기를 확인하면서 원래 자리에 놓기 ▶ 밀폐 용기에 맞는 뚜껑 찾아 끼워 맞추기 ▶ 물통을 닦다가 손가락을 집어넣어도 안 나올 정도로 낀 스펀지 꺼내기 ▶ 병뚜껑이 꽉 닫혀 절규하면서 열기 ▶ 가족들 이 아무 생각 없이 쓰는 고급 티슈 저렴이로 바꾸기 ▶ 오늘은 절대 화내지 않겠 다고 굳게 다짐한 직후의 일 ▶ 여기저기 널린 수건 냄새 맡아 세탁할지 판단하 기 ▶ 손빨래할지 세탁기로 돌릴지 판단하기 ▶ 아이가 풀어놓은 두루마리 휴지 묵묵히 되감는 일 ▶ 안 맞는 시계 돌려놓기 귀찮아 머릿속으로만 바꾸기 ▶ 가 습기의 물 보충 표시 못 본 척하다 건조함에 시달리기 ▶ 욕실 바닥에 양말이 젖 어 빨랫감만 추가 ▶ 뭐든 스스로 해보려는 아이를 도와주려다 시간이 더 걸리 는 일 ▶ 로봇청소기 돌리기 전, 널브러진 짐 피난시키기 ▶ 집을 나서기 직전, 열쇠가 사라져 옷이나 가방을 떠올리며 뒤지는 일 ▶ 현관에 쌓인 택배 상자 피 하려다 발가락이 다른 물건에 부딪혀 절규한 일 ▶ 밖에 나가자마자 비가 내려 우산 가지러 가기 ▶ 전기자전거 배터리 10퍼센트밖에 안 남아 절약 모드로 버 티기 ▶ 남아 있는 빨랫감 보면서 건조대의 옷걸이 간격 업데이트하기 ▶ 이불 널 때마다 손가락으로 건조대를 닦아보며 먼지 확인하기 ▶ 빨래 바구니에 양말 한 짝만 있어 짝 찾아 집 안 뒤지기 ▶ 제자리에 있어야 할 가위를 못 찾은 나머 지 아무 데나 둔 범인 추정하기 ▶ 분명 내가 묻히지 않은 변기 때인데 내가 청 소하는 일 ▶ 마트에서 사 온 콩, 집에서 얼마나 키울 수 있을지 한계에 도전하 기 ▶ 유통기한이 며칠 지난 식품, 먹어치우는 일 ▶ 냉장고 안 식재료를 확인 하다 '삐삐' 경고음이 울릴 때 ▶ 혼자 점심 먹을 때 주방에 선 채로 끼니 때우기 ▶ 후줄근한 차림일 때 택배 벨이 울려 긴급 변신하기 ▶ 지저분한 집은 연말 대 청소 때 치우려고 무한 연기 중 ▶ 창문을 매일 닦으면 좋은 운동이 되겠다고 생 각만 하기 ▶ 세제를 리필하다 콸콸콸 흘러 끈적끈적한 바닥 닦기 ▶ 완벽한 계 획을 세웠는데 기분이 가라앉아 일할 마음이 확 사라질 때 ▶ 뒤집힌 슬리퍼 바 닥이 더러워 놀랐다가 그냥 제자리에 놓기 ▶ 물건을 버리려다가 결국 아무것 도 버리지 못하고 시간만 버리기 ▶ 아이가 잠에서 깨지 않도록 유모차 바퀴를 들어 올려 끌기 ▶ 사고 싶은 물건이 있는데 이름이 생각나지 않아 검색 포기하기 ▶ 물이 잘 안 빠지는 더러운 배수구, 물로만 세게 쏘기 ▶ 청소기 먼지통 비우는 순간, 작은 먼지가 피어올라 다시 청소기 돌리기 ▶ 분명 완벽하게 청소했는데도 다시 청소하기 ▶ 소파에 누워 세탁기 작동 소리는 잠시 흘려듣기 ▶ 방송용 주부들 부러워하다가 반찬이나 더 만들어보기 ▶ 아껴둔 과자가 없어져 용의자 얼굴이 떠오른 순간, 다시 과자 등장 ▶ 카페에 자리가 없어 돌고 돌다 지쳐 반찬만 사서 집으로 ▶ 장보기 메모를 집에 두고 와서 기억을 더듬으며 식재료 구입하기 ▶ 분명 다 쓴 것 같아 사 왔더니 냉장고에서 열지도 않은 새것 발견 ▶ 다릿살과 가슴살 중, 어느 쪽이 부드러운지 찾아보기 ▶ 슈퍼에서 아이가 좋아하는 캐릭터 못 보도록 쇼하기 ▶ 어느 계산대 줄에 서면 빠를지 추리하는 일 ▶ 저녁 메뉴를 물어봐도 답이 없어서 계산하려는 순간 ▶ 비닐봉지가 잘 펴지지 않을 때 손가락에 침 묻히기 ▶ 계산대에서는 안 보이던 포인트 카드가 계산 후 나타나는 일 ▶ 마트에서 투정 부리는 아이에게 엄마 먼저 간다고 하고, 사각지대에 숨기 ▶ 택배 올 시간에 맞춰서 서둘러 집에 오기 ▶ 채소 썰다가 싱크대에 굴러떨어진 부분 얼른 줍기 ▶ 전자레인지 '자동' 모드를 불신해 우왕좌왕하는 일 ▶ 약간 더러운 행주로 식탁을 닦다가 세균 광고 생각 ▶ '알았어'라는 문자 마지막에 '^^' 정도는 붙이기 ▶ 직접 만든 반찬만 남아 혼자 전부 먹어치우기 ▶ 낫토를 담은 그릇을 닦으니 수세미도 낫토 범벅이 된 일 ▶ 밥그릇에 붙은 딱딱한 밥풀 떼려다 손톱 사이에 밥풀 장착 ▶ 빈 페트병을 씻어서 찌그러트렸더니 남은 액체가 흘러나온 일 ▶ 음식물 쓰레기, 쓰레기통으로 향하다가 물방울이 뚝 ▶ 싱크대엔 너무 작은 거름망을 무리하게 늘려 끼우기 ▶ 저렴한 쓰레기봉투가 찢어질 정도로 얇아서 두 장씩 겹치는 일 ▶ 쓰레기봉지 입구를 꽉 묶었는데, 쓰레기가 또 등장해 묶은 봉투 다시 풀기 ▶ 가족이 도와준 일이 마음에 들지 않아 어찌 지적할지 고민하는 일 ▶ 부부싸움 후 주방에 틀어박혀 가스레인지 닦기 ▶ 앉은 자세로 뛰어오르면서 매트리스 커버 씌우기 ▶ 나란히 누워 있다가 가로로 자는 아이 돌려놓기 ▶ 오늘 뭐 했지, 하다 보면 하루가 끝나는 일아~~~~~~~~~~ !
이름 없는 집안일 너무 많잖아!

게다가,

끝도 없어.
성취감도 없어.
누군가 칭찬해 주지도 않아.

그냥 다 없어…….

이 사실을 깨닫고 나서

집안일을 바라보는 시각이 180도 달라졌습니다.

퇴근하고 집에 오니

김이 모락모락 나는 저녁 식사와 함께

깔끔하게 정리된 집,

따뜻한 물이 가득 담긴 욕조,

가지런히 놓인 잠옷이 저를 기다리는 장면은

사실

기적이었습니다.

퇴근하고 집에 오니 저녁 식사가 차려진 기적.

집이 깔끔하게 정리된 기적.

따뜻한 목욕물과 잠옷이 가지런히 놓여

언제든 잠들 수 있는 기적.

지금까지 길고 긴,

이름 없는 집안일을 해온 시간을

상상만 해봐도

엄청난 리스펙!

그래서 생각했습니다.

이름 없는 집안일에
이름을 붙이자.

매일같이 집안일로 고생하는 사람들에게
최대한 존경의 뜻을 담아,
무수한 집안일에 이름을 붙이는 일이야말로,
제가 할 수 있는 가장 멋진 일이라는
생각이 들었습니다.

열심히 집안일을 하는 것이

얼마나 힘든지,

존경스러운지,

그리고 멋진지

좀 더 널리 세상에 알리고 싶습니다.

해도 해도 끝나지 않는

이름 없는
집안일에

이름을 지었습니다

카피라이터

우메다 사토시

● 들어가며

이름 없는 집안일에
이름을 붙인 이유

여러분, 안녕하세요. 저는 우메다 사토시라고 합니다.

제 직업은 카피라이터입니다. 쉽게 말하면 다양한 기업과 상품의 광고 문구를 만드는 일을 합니다. TV나 포스터에서 제가 쓴 문구를 보신 분도 있을지 모르겠습니다.

광고회사에 다니던 2016년, 첫째가 태어나 이를 계기로 4개월 반 동안 육아휴직을 했습니다. 휴직 전까지는 10년 넘게 일했으니 모처럼 몇 달 쉬면서 미래 계획에 대해 고민할 생각이었습니다.

하지만 육아를 포함해서 집안일을 시작해보니 제 생각이 얼마나 짧았는지 뼈저리게 느꼈습니다.

실제로 손이나 몸을 쓰는 집안일은 물론, 생각하고, 결정하고, 기다리고, 견디는 일 등등 지금까지는 전혀 깨닫지 못했던 '이름 없는 집안일'이 끝없이 존재한다는 사실을 알게 되었습니다.

"이건 육아휴직이 아니라 육아 노동이야! 차라리 회사에서 일하는 게 편해!"

그러다 보니 자연스럽게 매일 같은 자리에서 집안일에 매진하는 분들이 존경스럽다는 생각이 들었습니다. 그리고 더 널리 전하고 싶었습니다.

"당신의 노력은 당연한 일이 아니에요! 좀 더 스스로를 칭찬해 주세요, 그리고 가족들도 당신의 노력을 깨닫고 칭찬해야 해요!"

이러한 경험 끝에 제가 할 수 있는 일은 없을까 생각해보았습니다. 그래서 카피라이터로서 이름 없는 집안일에 이름을 붙이는 작업을 하자는 결론에 도달했습니다.

집안일은 결코 눈에 띄는 일은 아닙니다.

그렇기에 집안일을 하는 본인은 물론 가족들까지 '누군가 해주는 것이 당연한 일'이라고 생각하기 쉽습니다. 사실 집안일을 열심히 하기는 무척 힘든 데다 '당연한 일'도 아닌데 말이죠.

이 책에서는 이름 없는 집안일을 눈에 보이도록 만들고자 합니다.

지금껏 이름이 없던 집안일 하나하나를 언어로 표현하고 이름을 붙여 누가 보아도 눈에 보이도록 했습니다. 그렇게 하면 집안일을 하는 본인도, 누군가가 하는 집안일의 혜택을 입는 가족도, 좀 더 나아가서는 집안일의 가치를 깨닫지 못하는 사회 전체도 '집안일이란 이렇게 많구나!' 하면서 놀랄 것입니다.

그와 동시에 가정을 지키는 일이 얼마나 힘들고, 존경스럽고, 대단한지 모두가 주목하리라 생각했습니다.

그 결과,

'이렇게 많다니 완벽하게 집안일을 하는 건 애초에 무리였네'라는 의견도 있었습니다.

'이렇게 많다니 집안일 분담은 필수겠네'하는 마음과 대화가 생기기를 진심으로 바랍니다.

이 책에서는 수많은 집안일 중에서도 특히 큰 공감을 얻은 집안일 70가지를 엄선해서 하루 흐름에 따라 소개하고자 합니다.

"맞아, 완전 그래!"하고 크게 공감하기도 하고, "나만 이런 건 아니구나" 하고 안심할 수도 있겠죠. "우리 집은 이거보다 더 심해"하고 이야기할 수도 있고요.

각자 사정에 맞춰 즐겁게 읽어 주시면 좋겠습니다. 그럼 이름 없는 집안일의 세계로 떠나 볼까요. 아마 매일 실수를 연발하면서도 늘 열심히 노력하는 당신의 모습을 만날 수 있을 거예요.

저녁

밤

이 책을 제대로 활용하는 방법

① 우선 읽고, 웃고, 자신을 칭찬하기

이 책은 '이름 없는 집안일'을 하루 흐름에 맞춰 아침, 낮, 저녁, 밤 순서대로 소개합니다. 처음부터 읽거나 중간 또는 마지막부터 읽어도 상관없습니다. 우리 집에서 벌어지는 시끌벅적한 일상과 비추어 보면서 '맞아, 맞아!' 하고 고개를 끄덕이며 읽어 주시면 좋겠습니다. 그리고 열심히 노력하는 내 모습을 인정하고 격하게 칭찬해 보면 어떨까요. 읽으면서 공감하는 횟수가 많을수록 집안일을 열심히 하고 있다는 증거이기도 하니까요.

【이름 없는 집안일】
언어로 표현한 집안일.
가볍게 읽어 보세요.

01

설거지 후
식기 건조대에 둔
그릇 물기를 확인하면서
원래 자리에 놓기

【이름】
이름 없는 집안일에
붙여진 새로운 이름

이름
제자리 찾아주기

【소요 시간】
집안일의 소요 시간.
이 시간을 전부 더하기만 해도
하루가 끝납니다.

② 떠올리면서 집안일 해보기

이제 집안일을 하면서 이 책에 실린 이름 없는 집안일을 떠올려 보세요. 지금껏 무의
식중에 얼마나 열심히 일했는지 깨닫게 됩니다. 그때마다 '이렇게 일을 많이 했구나,
나 대단하다!' 하면서 자신에게 응원의 메시지를 보내 주세요.

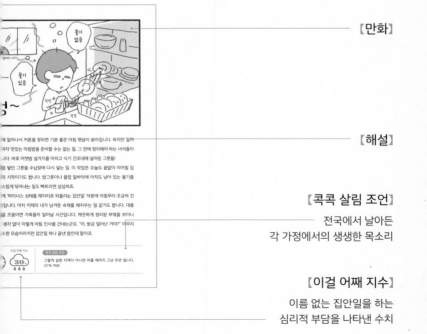

【만화】

【해설】

【콕콕 살림 조언】
전국에서 날아든
각 가정에서의 생생한 목소리

【이걸 어째 지수】
이름 없는 집안일을 하는
심리적 부담을 나타낸 수치

③ 스스로 이름 없는 집안일을 발견하고 이름을 붙여서
SNS에 올리기

이 책에 실린 70가지 항목은 수많은 이름 없는 집안일 중에서 극히 일부분에 지나지 않습니다. 나만의 이름 없는 집안일을 발견하고 이름을 붙여서 SNS에 올려 보세요. 아마 '이거 저도 그래요!', '저 이렇게 새로운 거 발견했어요!' 하는 반응과 함께 집안일을 열심히 하는 사람끼리 뭉칠 수 있을 거예요. 당신은 이제 혼자가 아닙니다. ('#이름 없는집안일에이름붙이기'를 잊지 마세요!)

④ 가족끼리 같이 읽고 이야기하기

이름 없는 집안일은 그야말로 이름이 없어서 집안일을 하는 당사자 눈에만 보이는 일이 대부분입니다. 그러므로 가족끼리 이 책을 같이 읽으면서 집안일이 얼마나 힘든지 이야기를 나누어 보세요. '가족이니까 일일이 말하지 않아도 이해해 줄 거야'가 아니라, 가족이기 때문에 제대로 말로 표현해 전달하는 일이 중요합니다. 집안일이 얼마나 힘든지, 어떻게 집안일을 분담할지 서로 이야기하는 계기가 되지 않을까요.

(번외편)

만약 오늘 집에서 뭘 했어? 하는 질문을 받는다면

이 책을 살며시 내밀어 보자.

아침

일어나서 가족을 배웅하기까지 정말 숨 돌릴 틈 없이 바쁜 아침이 시작됩니다. 그야말로 시간과의 전쟁이기 때문에 하품하면서 넋 놓을 여유 따위 없습니다. 어제의 내가 남겨둔 숙제를 정리하면서 이름 없는 집안일과 맞서 싸우는 모습은 마치 집안의 수호신 같습니다!

설거지 후
식기 건조대에 둔
그릇 물기를 확인하면서
원래 자리에 놓기

이름

제자리 찾아주기

아침에 일어나서 커튼을 젖히면 기분 좋은 아침 햇살이 쏟아집니다. 하지만 일어나자마자 맛있는 아침밥을 준비할 수는 없는 일. 그 전에 정리해야 하는 녀석들이 있습니다. 바로 어젯밤 설거지를 마치고 식기 건조대에 넣어둔 그릇들!

산처럼 쌓인 그릇을 수납장에 다시 넣는 일. 이 작업은 오늘도 끝없이 이어질 집안일의 시작이기도 합니다. 밥그릇이나 물컵 밑바닥에 아직도 남아 있는 물기를 조심스럽게 닦아내는 일도 빠트리면 섭섭하죠.

이렇게 '마이너스 상태를 제자리로 되돌리는 집안일' 덕분에 아침부터 조금씩 진이 빠집니다. 마치 어제의 내가 남겨둔 숙제를 해치우는 일 같기도 합니다. 대충 끝나갈 즈음이면 가족들이 일어날 시간입니다. 깨끗하게 정리된 부엌을 보더니 아무 생각 없이 이렇게 아침 인사를 건네는군요. "어, 방금 일어난 거야?" 아무리 부스스한 모습이라지만 집안일 하나 끝낸 참인데 말이죠.

소요 시간 8분

이걸 어째 지수 30%

콕콕 살림 조언

그렇게 습한 지역이 아니면 마를 때까지 그냥 두면 됩니다.
(37세, 여성)

밀폐용기에 맞는
뚜껑 찾아
끼워 맞추기

이름

밀폐용기 증후군

주방에는 노벨상을 주고 싶을 만큼 편리한 물건이 있습니다. 그 이름은 바로 밀폐용기! 밥을 한꺼번에 많이 지었을 때나 먹고 남은 반찬을 담아두면 시간이 지나도 맛있게 먹을 수 있죠. 이제는 밀폐용기 없는 생활은 상상조차 할 수 없을 정도예요. 하지만 완벽해 보이는 밀폐용기에도 단점이 있습니다. 바로 뚜껑과 용기를 제대로 맞추지 않으면 쓸모없다는 사실이지요.

"이상하네, 묘하게 뚜껑이 안 맞는단 말이야……. 이것도 아니고……." 이왕 모두 똑같은 크기로 맞추면 스트레스 받을 일도 없겠지만, 밥, 반찬, 국 등등 종류에 맞춰 하나둘씩 사다 보면 숫자가 늘어나기 마련입니다.

원래 조합 자체는 맞아도 자주 전자레인지에 넣고 돌리다 보면 뚜껑이 뒤틀려 제대로 닫히지 않는 일도 생길 수 있으므로 조심해야 합니다. 으윽, 짜증이……!!

소요 시간   이걸 어째 지수

3분   **65**%

콕콕 살림 조언

뚜껑이 안 맞는다면 뚜껑 대신 랩을 씌워도 OK!
(48세, 여성)

03

물통을 닦다가
손가락을 집어넣어도
안 나올 정도로 낀
스펀지 꺼내기

이름

스펀지의 가출

물통을 닦다 보면 상당한 스트레스를 받습니다. 먼저 뚜껑과 본체를 분해한 다음, 고무 패킹과 빨대를 분리해서 닦아준 후에 다시 끼워야 합니다. 가끔 작은 부품들이 행방불명되는 날이면 제발 그만 괴롭히라고 소리치고 싶을 정도예요.

그중에서도 가장 심각한 사건은 스펀지가 퐁 하는 소리와 함께 물통으로 들어가는 일입니다. 일단 스펀지가 깊숙이 들어가면 맨손으로 꺼내기는 거의 불가능해요. 손이 찢어지는 것은 아닐까 싶을 정도로 손가락을 뻗어보지만, 스펀지에 살짝 손끝이 닿을 뿐 끄집어내는 데는 실패합니다.

이렇게 되면 설거지 더미 속에서 젓가락을 찾아내 스펀지를 꺼내는 일 말고는 손쓸 방법이 없습니다. 게다가 제대로 통이 닦였는지는 미스터리로 남아 기분은 찜찜하기만 하죠. 그렇다고 굳이 천원숍에서 파는 물병용 스펀지를 사자니 아깝기도 하고 그래서 저는 매일 기도합니다. 손가락이여, 길어져라!

소요 시간   이걸 어째 지수

콕콕 살림 조언

스프레이 타입으로 된 거품 세제를 쓰면 편리합니다.
뿌리고 잠시 두기만 하면 돼요. (52세, 여성)

병뚜껑이
꽉 닫혀
절규하면서 열기

이름

뭉크의 절규

모처럼 즐겁게 집안일을 하다가도 사소한 일로 짜증이 나서 기분이 상할 때가 종종 있습니다. 저를 자주 방해하는 녀석들은 꽉 닫힌 채 꿈쩍도 하지 않는 뚜껑이나 병마개입니다. 예를 들어, 잼을 담아둔 병뚜껑이 열리지 않을 때가 있습니다. 아무리 애를 써도 열지 못해서 낑낑대는 동안 토스터에 넣어둔 빵이 타버리거나, 모처럼 맛있게 구운 빵이 식어버립니다. 손바닥이 벌겋게 달아오를 때까지 온몸의 힘을 쥐어짜서 열어봐도 꿈쩍도 하지 않지요.

이럴 때 많은 사람이 추천하는 방법을 소개할게요. 우선 ① 용기를 거꾸로 뒤집어 세우고 ② 식탁 쪽으로 뚜껑을 누르면서 용기 밑바닥을 두드린 다음 ③ 다시 한 번 열어보는 거예요. "그렇게 해서 병뚜껑이 열릴 리가 없…… 열렸다!!" 하고 혼잣말을 하는 여러분 모습이 보이네요!

소요 시간 이걸 어째 지수

콕콕 살림 조언
뚜껑 부분을 뜨거운 물에 담가두는 방법이 효과가
제일 좋아요. (25세, 여성)

가족들이
아무 생각 없이 쓰는
고급 티슈
저렴이로 바꾸기

이름

티슈 격차

고급 티슈는 한번 쓰면 빠져나올 수 없는 개미지옥입니다. 수분을 많이 함유한 덕분에 부드럽죠. 아무리 코를 풀어도 코끝이 따갑거나 빨개지지 않고요. 게다가 살짝 달콤한 향까지 나니 그 매력을 알아버리면 더는 끊을 수 없지요.

그렇다고 해서 고급 티슈만 계속 쓰다 보면 안 그래도 팍팍한 가계에 부담이 됩니다. 그래서 식탁이나 바닥을 닦을 때는 저렴한 휴지를 쓰고 코를 풀 때는 고급 티슈를 쓰도록 규칙을 정했습니다.

하지만 가족들은 아무 고민 없이 고급 티슈를 쓰려고 하지요. 바닥은 고급 티슈로 닦지 말고, 손끝에 묻은 거 살짝 닦은 티슈는 바로 버리지 말라고 설명할 새조차 없습니다.

하루빨리 고급 티슈를 저렴한 휴지로 슬쩍 바꾸어 놓아야겠어요……!

소요 시간

2분

이걸 어째 지수

15%

◊ ◊ ◊

콕콕 살림 조언

고급 티슈는 제 전용으로 쓰고 있습니다.
(30세, 여성)

06

오늘은 절대
화내지 않겠다고
굵게 다짐한 직후의 일

이름

분노 여신

평온한 삶. 이는 많은 사람의 바람이기도 합니다. 최근에는 매 순간에 집중해서 마음을 정돈하는 '마음 챙김'이라는 명상이 유행할 정도입니다. 그러나 매일같이 다양한 문제가 끊임없으니 화가 머리끝까지 차는 분노의 MAX 상태에 빠지기 쉽습니다. 그 누구도 화를 내고 싶어 하는 사람은 없지만, 비상사태가 동시에 겹치다 보면 어느 순간 분노의 임계점을 넘기 마련이지요.

아이가 물을 계속 틀어놓고서는 칭얼댑니다. 소변을 참을 수 없을 정도로 한계에 이르렀는데 하필 아무짝에도 쓸모없는 질문을 합니다. 지각 직전인데 밥그릇을 온통 뒤엎기도 하고……

하나씩 천천히 살펴보면 화낼 만한 일은 아니에요. 다만 동시에 일어났기 때문에 폭발하는 거죠. 그리고 가족들은 "왜 그렇게 늘 화를 내? 도깨비야?"라고 비난하기도 합니다. 아, 괴롭다……

소요 시간

40분

이걸 어째 지수

65%

◊ ◊ ◊

콕콕 살림 조언

화를 낸 자신을 탓하지 않는 것이 가장 중요합니다.
(37세, 여성)

07

여기저기 널린
수건 냄새 맡아
세탁할지 판단하기

이름

냄새 감별

아침에 세탁기를 돌리면 어제 입은 옷, 씻은 후에 쓴 수건, 입고 난 잠옷까지 한 번에 세탁할 수 있습니다. 이때 아침마다 밀려드는 고민이란, 방 여기저기에 걸린 수건을 세탁기에 넣을지 말지 판단하는 일입니다. 어제 씻고 나서 쓴 채로 걸어둔 것인지, 세탁할 정도로 더러워졌는지, 아니면 아침에 일어나서 누군가 새로 걸어둔 것인지 만져보기만 해서는 제대로 판단할 수 없습니다.

이때는 제 코만이 유일하게 믿을 길입니다. 킁킁 냄새를 맡아서 확인해봐야겠죠? 정말 누가 맡아도 냄새가 심하면 세탁기로 직행하지만, 냄새가 나는 듯 마는 듯 할 때는 수건에 코를 박고 깊이 들이켜봅니다. 마지막에 믿을 수 있는 것은 결국 제 오감뿐이니까요.

킁, 킁킁, 킁킁……. 오늘은 빨래 안 해도 되겠다!

소요 시간 이걸 어째 지수

7분 5%

손빨래할지
세탁기로 돌릴지
판단하기

이름

세탁법 선택

마음에 드는 옷은 오랫동안 입고 싶습니다. 그렇지만 매번 세탁소에 맡기면 비싸죠. 이럴 때는 다음 후보인 손빨래가 당첨!

세탁기로 돌리면 옷감이 금방 상하지만 손빨래하면 손상을 최소한으로 막을 수 있습니다. 마음에 드는 옷을 조심스럽게 세탁하다 보면 앞으로도 소중하게 입고 싶다는 마음이 되살아나기도 합니다.

하지만 손빨래는 상상 이상으로 힘이 드는 일입니다. 대야에 미지근한 물을 받고, 세제를 몇 방울 떨어트립니다. 그다음 옷을 넣고 비비면서 세탁! 마지막으로 깨끗한 물로 세제를 헹구고 탈수해요. 이 탈수 과정에 의외로 많은 힘이 들어가지요. 그런 기억 때문에 매번 손빨래와 세탁기 사이에서 고민하죠. 아무리 좋아하는 옷이라고 해도 고생한 기억을 떠올리는 순간 세탁기에 집어넣고 싶…… 집어넣어야지!

소요 시간 이걸 어째 지수

 20분 20%

콕콕 살림 조언

한번 세탁기에 돌려보고 어떻게 세탁할지 결정합니다.
(40세, 여성)

09

아이가 풀어놓은
두루마리 휴지
묵묵히 되감는 일

이름

휴지 역회전

아이가 조용하다면 대체로 뭔가 사고를 치고 있다는 뜻입니다.

틈새에 장난감을 쑤셔 넣거나, 벽에 낙서하거나, 손이 닿을락 말락 한 물건을 잡으려고 하거나…… 우리 집에는 아이가 화장실 휴지를 죄다 꺼내서 풀어놓는 일이 종종 일어납니다. 발견했을 때는 이미 80퍼센트 넘게 풀려 있어서 더는 손쓸 수도 없죠. 온통 흰색으로 가득한 환상적인 세계에서 마치 칭찬해달라는 듯 천진난만한 표정을 짓는 아이. 응, 귀엽긴 한데 말이지……

아이 스스로 만족하고 사라진 후, 화장실 휴지를 다시 휴지 심에 감아놓는 일은 부모 몫이죠. 처음에는 깔끔하게 감아보지만, 점점 귀찮아져서 좌우가 튀어나오고 엉성하게 대충 감아놓습니다. 어차피 또 풀어놓을 텐데 제대로 감아둘 필요는 없죠!

소요 시간 **4분**
이걸 어째 지수 **65%**

콕콕 살림 조언
감지 말고 그냥 접은 채로 둡니다.
(37세, 여성)

10

안 맞는 시계
돌려놓기 귀찮아
머릿속으로만 바꾸기

이름

시계로 뇌 훈련

아침에는 시간과의 승부가 벌어집니다. 시계를 볼 때마다 무의식적으로 하는 행동이 있습니다.

'음, 저 시계는 5분 빠르니까 아직 괜찮아.'

그렇습니다. 시계가 안 맞는다는 사실을 알고 있으면서도 정확한 시간으로 고쳐놓지 않은 채, 머릿속으로만 제시간으로 변환하고 있습니다.

시계 뒤에 달린 버튼이나 틈새를 이용해서 시간을 맞추는 데 5분도 채 걸리지 않습니다. 그런데도 그저 몸을 움직이는 게 너무 귀찮을 뿐이죠. 그저 매일 시계를 볼 때마다 뇌 속에서 어긋난 시간을 정확한 시간으로 고치기만 합니다. 시계를 고치면 될 일인데…….

심지어 5분 일찍 움직이려고 일부러 시계를 5분 늦춰두었는데도 '저 시계는 5분 빠르니까 아직 괜찮아' 하며 계산까지 합니다. 시계를 고치면 될 일인데…….

소요 시간 5분   이걸 어째 지수 10%

콕콕 살림 조언

정확한 시간을 알고 싶다면 스마트폰을 보면 됩니다.
(45세, 여성)

11

가습기의 물 보충 표시
못 본 척하다
건조함에 시달리기

이름

우리 집은 사막

건강을 관리하려면 실내 온도뿐만 아니라 집 안 습도에도 신경을 써야 하지요. 전문가가 말하길 일정 수준으로 습도를 올리면 바이러스 번식을 막는 효과가 있다고 합니다. 특히 공기가 건조한 겨울에는 가습기를 사용하는 집도 많습니다.

가습기로 방 안의 습도를 올리려면 기계에 수분을 공급해야 합니다. 건조한 날이 계속 이어지는 시기에는 매일 물을 채워야 할 정도지요. 그러나 바쁜 일상 속에서 가습기까지 신경 쓰기는 쉽지 않습니다.

"아, 벌써 급수 표시가 떴어." "안 되겠다, 빨리 물 채워야 하는데." "알겠다고, 물 넣는다고." "오늘 할게, 그러니까 좀 기다려……."

이처럼 끝없이 기계가 구박합니다.

습도가 높을 때는 수분을 저장했다가 건조할 때는 저장해둔 물로 가습하는 시스템이 얼른 개발되면 좋겠네요.

소요 시간   이걸 어째 지수

5분   **15**%

◊ ◊ ◊

콕콕 살림 조언

수건을 물에 적신 후 꽉 짜서 방에 널어도 효과가 좋아요.
(48세, 여성)

욕실 바닥에
양말이 젖어
빨랫감만 추가

이름

습지대 등장

욕실에서는 단순히 몸을 씻는 일 이외에도 청소, 세탁물 널기 등 다양한 일이 벌어집니다. 그래서 욕실에 들어가기 전 바닥이 젖어 있지 않은지 확인하는 작업이 중요합니다.

확인을 게을리하면 방금 신은 양말이 젖어서 빨랫감으로 변신하기도 합니다. 아니면 살짝 축축한 양말을 계속 신어야 하죠.

아무리 신중하게 확인해도 사건은 일어나기 마련입니다.

'좋아, 바닥은 안 젖었어…… 주르륵.'

분명히 확인했는데! 눈을 다시 비비고 바닥이 젖은 곳이 없는지 확인했는데! 거듭 조심하면서 안 젖은 곳을 골라 한 걸음씩 내디뎠는데! 미처 확인하지 못한 곳의 물기 때문에 양말 밑바닥이 젖었습니다. 우리 집 7대 불가사의 중 하나로 선정해도 좋을 것 같아요.

소요 시간

5초

이걸 어째 지수

60%

콕콕 살림 조언
한겨울을 제외하고 집에서는 맨발로 생활했더니 더는 양말 젖을 일이 없습니다. (48세, 여성)

13

뭐든 스스로 해보려는
아이를 도와주려다
시간이 더 걸리는 일

이름

내가 할 거야

미운 세 살, 미운 네 살이라는 말이 있습니다. 이 말을 보는 것만으로도 등골이 오싹해지는 분도 많지 않을까요? 뭐든지 '싫어!' 하고 외치는 시기라고 하지만, 사실 아이의 속마음은 '내가 하려고 했는데 엄마, 아빠가 먼저 해버려서 짜증 나!'에 가깝다고 하네요.

부모가 보기에는 아이 혼자 할 수 있는 일이 늘어나는 모습이 대견스럽기도 하고, 시간이 허락하는 한 기다려주고 싶지요. 하지만 아무리 기다려도 아이 스스로 해내지 못할 때는 도와줄 수밖에요.

한시가 급한 아침이라면 더더욱 그렇겠죠. 머리 위에 바지를 뒤집어쓰고 있다든가, 애써 신은 신발이 짝짝이일 때도 있습니다. 조금만 도와주면 잘될 것도 같은데 손을 내민 순간 '끄아아앙!' 하고 울기 일쑤죠. 그 탓에 시간이 더 걸리는 악순환이 펼쳐집니다. 저기, 엄마랑 아빠가 어떻게 하는 게 좋을지 좀 알려줄래?

소요 시간	이걸 어째 지수

콕콕 살림 조언

아이가 같이 요리하겠다고 하면 쿠키믹스를 꺼냅니다.
쿠키믹스 최고! (32세, 여성)

14

로봇청소기 돌리기 전,
널브러진 짐
피난시키기

이름

로봇 길 뚫기

날로 발전하는 가전의 진화 속도에 놀라곤 합니다. 날개 없는 선풍기가 나오고, 재료를 넣기만 해도 요리가 거의 완성되고, 그릇을 기계에 넣으면 자동으로 씻어주지요. 그중에서도 집안일을 획기적으로 줄여준 가전은 로봇청소기입니다. 청소, 세탁, 요리라는 3대 집안일 중 하나인 청소 부담을 크게 줄여주죠.

하지만 로봇청소기에도 단점이 있습니다. 바닥을 정리해두지 않으면 제대로 일을 하지 못한다는 사실입니다. 바닥에 둔 가방을 소파 위에 올려두고, 어질러진 아이의 장난감을 수납함에 정리합니다. 벗은 채 그대로 둔 옷을 세탁기에 넣습니다. 이런 준비를 해두지 않으면 집에 돌아온 후엔 온갖 물건과 끈을 칭칭 감고 멈춰버린 로봇청소기의 불쌍한 모습을 마주하게 됩니다. 돌아오면 집이 깨끗해진 모습을 기대했는데 말이죠.

소요 시간

5분

이걸 어째 지수

35%
◊ ◊ ◊

콕콕 살림 조언

로봇청소기가 쓰레기통을 넘어트리면 대형 참사 발생!
조심해야 합니다. (37세, 여성)

15

집을 나서기 직전,
열쇠가 사라져
옷이나 가방을 떠올리며
뒤지는 일

이름

열쇠 레이더

열쇠가 있어야 할 장소에 없다니, 안 그래도 바쁜 아침에 대형 사건이 터졌습니다. 그러나 '어, 열쇠가 없네' 하는 순간에는 아직 당황할 단계는 아닙니다. '분명 그곳에 있겠지' 하고 어제 일을 떠올려보면 되니까요.

'여기에도 없네……' 이 단계가 되면 이미 몸은 제멋대로 움직이기 시작합니다. 어제 입었던 옷 주머니를 뒤져보고, 어제 들고 나간 가방 속을 찾아봅니다. 가방을 뒤집어보고 안에 있던 물건을 바닥에 전부 꺼내봅니다.

그러자 몸속에 잠들어 있던 열쇠 레이더가 작동하면서 감도가 올라가기 시작하죠. 생각하지 말고 느껴야 합니다. 열쇠가 있던 장소를요. 열쇠로 문을 열고 집에 들어왔겠죠. 없을 리가 없습니다! 있다고 믿어야 합니다. 집 안을 한 번 더 뒤집어봐도 찾을 수가 없을 때는 다시 한번 냉정하게 생각해봅니다. 그러자 어떻게 된 일일까요. 오늘 외출할 때 가져가려 했던 가방 속에 있었네요!!

소요 시간

2분

이걸 어째 지수

85%

콕콕 살림 조언

방울이 달린 열쇠고리를 열쇠에 달면 가방을 흔들기만 해도 열쇠가 들어 있는지 알 수 있습니다. (31세, 남성)

16

현관에 쌓인
택배 상자 피하려다
발가락이 다른 물건에 부딪혀
절규한 일

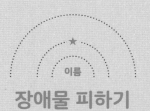

이름

장애물 피하기

온라인 쇼핑은 편리하지만 잠깐 정신줄을 놓는 순간, 현관에는 택배 상자가 가득 쌓이곤 합니다.

받자마자 물건만 꺼내고 상자는 정리하는 습관을 들이면 좋겠지만 현실은 늘 뒷전으로 밀리기 일쑤죠. 방치된 상자는 안 그래도 좁은 현관을 더욱 비좁게 만듭니다. 그리고 방해물로 변신해서 길을 막지요.

정신없는 아침, 택배 상자를 요리조리 빠져나가 서두르려고 할 때 결국 비극이 찾아오지요. 피하려고 내디뎠는데, 쌓인 택배 상자 모서리에 발끝이 세게 부딪히죠. "으악!" 하고 비명을 내질러도 아파할 여유도 없습니다. 아픈 채로 신발을 신고, 통증을 느낀 채 엘리베이터에 올라타서, 그대로 목적지로 향할 수밖에요.

그리고 맹세합니다. 집에 돌아가면 꼭 택배 상자 정리해야지!

소요 시간
3분

이걸 어째 지수
50%

콕콕 살림 조언

택배 상자를 세로로 쌓기만 해도 현관이 넓어집니다.
(40세, 여성)

17

밖에 나가자마자
비가 내려
우산 가지러 가기

이름

우천 시 컴백

아침밥을 먹거나 외출할 준비를 하면서 날씨를 확인하는 일, 이것은 꽤 중요한 아침 일과입니다. 비가 내리는지에 따라 가져가야 할 물건이나 옷뿐만 아니라 아침 스케줄이 크게 바뀌기 때문이지요.

조심해야 할 날씨는 '구름은 꼈지만 비는 내리지 않는' 어중간한 날씨! 쓱 보고 비가 안 온다고 판단해버리고 실제로 밖에 나간 순간, 비를 맞고 우울해지기 때문입니다.

자전거를 타지 못하고 걸어가야 하거나, 길이 막혀서 버스가 배차 시간대로 오지 않으면 우산을 가지러 집에 되돌아가야 합니다. 이 시점에서 이미 지각 확정!

귀찮아도 창문을 열고 하늘을 노려봅시다. 그래도 불안할 때는 우산을 쓴 사람이 있는지도 같이 확인해보면 좋겠지요. 피곤함과 졸음이 쌓여서 멍한 눈을 비비면서요.

소요 시간

3분

이걸 어째 지수

40%

콕콕 살림 조언

방충망이 있으면 비가 오는지 잘 안 보이므로 방충망까지 열어서 확인하는 것이 기본입니다. (37세, 여성)

18

전기자전거 배터리
10퍼센트밖에 안 남아
절약 모드로 버티기

이름

배터리 카운트다운

약간의 언덕은 쉽게 오를 수 있고, 전기자전거에 아이들을 태워도 무척 편리합니다. 하지만 여기에 큰 함정이 있습니다. 전기자전거는 제대로 충전해두지 않으면 엄청나게 무거운 짐이 되어 무거운 페달을 마치 수도승처럼 밟으며 나아가야 합니다.

그러므로 전기자전거 전원을 켰을 때 남은 배터리가 10퍼센트 미만이면, 어제 일이 불현듯 뇌리를 스칩니다.

'맞아, 충전하려고 했는데! 근데 짐이 너무 많아서 그럴 여유가 없었지!'

그 생각이 떠오르자마자 바로 오래 달릴 수 있는 절약 모드로 바꾸고는 무사히 목적지까지 도착한 다음, 집까지 돌아올 수 있기를 기도합니다.

사람이란 얼마나 무기력한 존재인지요. 하느님, 부디 제 배터리를 지켜주세요!

소요 시간   이걸 어쩌 지수

20분   **45**%

🔒🔒 **콕콕 살림 조언**

집 주변이 언덕으로 가득하므로 배터리 잔량이 40퍼센트 이하가 되면 타지 않는 편입니다. (37세, 여성)

주부라고 하면 낮에 집에서 편하게 쉴 수 있어서 좋겠다고 오해하지만, 사실 낮이야말로 집안일이 넘쳐나는 시간입니다. 낮에 아무도 없어서 집안일을 하지 못하는 집은 아침이나 밤, 주말에 몰아서 해야 하죠. 가족 중 아무도 신경 쓰지 않는 '이름 없는 집안일'의 진짜 모습이 바로 여기 있습니다.

남아 있는
빨랫감 보면서
건조대의 옷걸이 간격
업데이트하기

이름

간격의 감각

빨랫감이 적은 날에는 옷걸이 간격에 여유를 두고 빨래를 널 수 있습니다. 그러면 바람이 잘 통해서 옷이 바짝 말라 쾌적하게 입을 수 있지요.

하지만 조금씩 불안이 스치기 시작합니다.

'빨래 건조대가 꽉 찼네. 이러면 옷이 잘 안 마를 텐데……'

미리 확보했던 여유 공간을 다시 채우며 옷을 걸다가 또 다른 불안이 스멀스멀 피어오릅니다.

'옷걸이가 부족할지도 몰라. 지금 옷장에 걸린 옷걸이를 꺼낼까……'

두근대는 심장을 부여잡고 일단 계속 빨래를 널어봅니다.

청바지나 점퍼처럼 널기 힘들고 잘 마르지 않는 빨래가 섞여 있으면 난도는 더욱 올라가므로 신경 써야 합니다. 자주 세탁기를 돌릴 수밖에요.

소요 시간 이걸 어째 지수

콕콕 살림 조언

가족이 늘어나면 빨래가 엄청나게 많아져서 아무 생각 없이 끝에서부터 채워 넣어요. (37세, 여성)

20

이불 널 때마다
손가락으로
건조대를 닦아보며
먼지 확인하기

이름

시어머니의 손끝

화창한 날이면 이불을 꺼내 햇볕에 보송보송 말리고 싶어지지요. 이런 마음을 방해하는 존재가 있으니, 바로 빨래 건조대에 쌓인 먼지! 이불이나 커다란 비치타월을 건조대에 직접 널다 보니 신경 쓰이는 게 있네요.

우선 빨래 건조대를 손가락으로 쓱쓱 쓸어서 얼마나 더러운지 직접 확인해봅니다. 마치 창문 틈새나 가구 표면을 손으로 훑어보며 먼지가 있는지 구석구석 확인하는 시어머니의 손끝 같습니다. 내가 이럴 줄이야……

먼지가 쌓여 있을 때는 걸레로 쓱 닦으면 되지만, 여기서 또다시 고민이 발생합니다. 물에 적신 걸레로 닦으면 마를 때까지 기다려야 하고, 마른걸레로 닦으면 제대로 닦은 느낌이 들지 않고요.

모처럼 빨래하기 좋은 날인데……. 기분까지 보송보송하면 얼마나 좋을까요.

소요 시간 30초 　　이걸 어째 지수 20%

콕콕 살림 조언

세탁기 돌리는 동안 걸레를 적셔서 가볍게 닦아주면 됩니다.
(42세, 여성)

21

빨래 바구니에
양말 한 짝만 있어
짝 찾아 집 안 뒤지기

이름

양말 짝꿍

양말이야말로 이름 없는 집안일을 늘리는 귀찮은 존재입니다. 뒤집힌 양말을 다시 뒤집기. 벗은 채 그대로 둔 양말을 세탁기에 집어넣기. 잔뜩 더러워진 양말을 세탁기에 넣기 전 가볍게 손빨래하기. 구멍 난 양말은 아깝더라도 버리기.

이 중에서도 소소하게 시간을 잡아먹는 집안일은 빨래가 끝난 후 세탁기에서 양말 한 짝만 나왔을 때 시작됩니다. 잃어버린 나머지 한 짝이 어디에 있을지 찾아다니는 귀찮은 일이 남아 있습니다.

어제 세탁기에 넣었는지 생각해보고, 다른 빨랫감 속에 섞여 들어가지 않았는지 확인합니다. 집 안 어딘가에 숨어 있는지, 널어둔 후에 어디 넣어두었는지 곰곰이 생각해봅니다. 이렇게 한 짝만 남은 양말에 휘둘리면서 시간이 흘러갑니다. 최후의 수단은 '짝이 서로 맞지 않는 양말을 신는 것도 새로운 패션'이라고 자신을 세뇌하면 됩니다. 남의 시선을 신경 쓰지 말자고요!

소요 시간   이걸 어째 지수

2분   **35**%   ◊◊◊

콕콕 살림 조언

전부 똑같은 양말로 갖춰둡니다. 다시 교체할 때가 오면 한꺼번에 바꾸면 편해요. (42세, 여성)

22

제자리에 있어야 할
가위를 못 찾은 나머지
아무 데나 둔
범인 추정하기

이름

가위 실종

찾는 물건이 분명 있어야 할 장소에 없을 때 상당한 스트레스를 받습니다.

찾아내는 데도 시간이 꽤 걸리지요. 게다가 이런 일이 생길 때마다 짜증이 납니다. 어디론가 사라지는 물건 순위를 매긴다면 가위가 1등이 아닐까요.

새로 산 옷에 달린 태그를 떼고 싶을 때, 옷에서 실밥이 삐져나왔을 때, 읽던 잡지를 스크랩하려는데 가위가 눈에 보이지 않을 때. 이상하게도 가위가 필요할 때마다 꼭 보이지 않는 일이 일어납니다.

겨우 기억을 떠올려보면 '아, 분명히 가족 중 누가 어디서 쓰는 걸 봤는데……'처럼 희미한 장면뿐입니다. 그리고 제자리에 되돌려놓지 않은 범인을 추리하기에 이릅니다. 물론 범인이 누구인지 밝힌다고 해도 가위가 되돌아오지는 않지만요.

소요 시간
3분

이걸 어째 지수
65%

콕콕 살림 조언

정말 필요할 때는 부엌 가위를 몰래 씁니다.

(55세, 여성)

23

분명 내가 묻히지 않은
변기 때인데
내가 청소하는 일

이름

화장실 신

'화장실의 신'이라는 노래는 싱어송라이터인 우에무라 가나 씨가 작곡한 인기곡으로, 2010년 NHK「홍백가합전」(역주* 일본에서는 매년 12월 31일, 그해 인기곡을 모아 특집 생방송을 한다)에 나와 단숨에 유명해졌습니다. '매일 화장실을 청소하면 여신처럼 예뻐질 거야'라는 내용의 가사인데, 저는 이 노래를 들을 때마다 이런 생각을 합니다. 하기도 싫은 화장실 청소를 하는 훌륭한 사람들이야말로 화장실의 신이 아닐까, 하는.

내가 더럽혔다면 그나마 다행이지만, 분명 내가 남겼을 리 없는 흔적이나 변기 주위에 튄 소변 방울까지 닦아야 합니다. 이 정도면 경의를 표할 수밖에 없습니다. 그렇습니다. 화장실의 신은 그저 상상의 세계가 아니라 모든 가정에 깃들어 있네요!

소요 시간
5분

이걸 어째 지수

70%

콕콕 살림 조언

합리적인 저는 세제를 뿌린 다음에 용변을 봅니다.
(42세, 여성)

마트에서 사 온 콩,
집에서 얼마나 키울 수 있을지
한계에 도전하기

이름

주방 농사

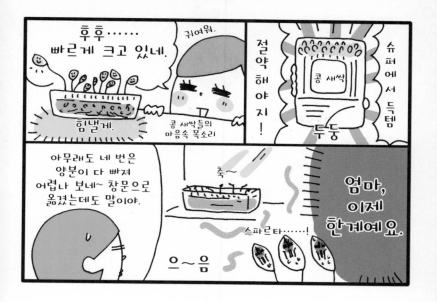

가정을 지키는 일은 가계를 지키는 일이기도 합니다. 그래서 절약하기는 중요한 집안일 중 하나입니다. 식사를 준비할 때도 불필요한 식자재를 사지 않고, 낭비하지 않기는 기본이죠. 특히 집에서 채소를 기르면 더욱 가계에 공헌할 수 있습니다. 하지만 베란다 텃밭이라고 해도 허브나 민트처럼 멋들어진 작물로는 배를 채울 수 없어요. 대신 무나 열무 줄기, 콩을 그릇에 담고 물을 주면 간단하면서도 생활감 넘치는 텃밭이 완성됩니다.

특히 콩은 여러모로 쓸모가 많습니다. 키우기 시작한 지 3일 정도 지나면 새싹이 나오는데, 샐러드나 된장국에 넣어도 맛있게 먹을 수 있지요. 적어도 두 번 정도는 가능합니다. 다만 거듭할수록 새싹이 가늘어지고 자라는 속도도 느려집니다. 슬슬 이번 콩의 한계가 다가온 것 같네요. 지금까지 함께한 날들에 감사하며 쓰레기통으로!

소요 시간 **2**주일 　이걸 어째 지수 **20**%

콕콕 살림 조언
액상 비료를 한 방울 넣으면 급격하게 성장이 빨라집니다.
(45세, 여성)

유통기한이
며칠 지난 식품,
먹어치우는 일

이름

셀프 인체실험

식품 표시에는 '소비기한'과 '상미기한'이 있습니다. (역주* 우리나라에서는 유통기한으로 표시하는데, '유통이 가능한 기한'을 뜻한다) 소비기한은 '먹을 수 있는 마지막 기한'이고 상미기한은 '맛있게 먹을 수 있는 날짜'라는 의미지만, 자세한 내용까지 신경 쓸 여유는 없지요.

그저 눈앞에 있는 식료품의 날짜가 지났지만 이걸 먹을 수 있는지 궁금할 뿐입니다. 이때는 '낫토는 3일 정도 지나도 끄떡없어', '햄은 5일까지', '이틀 지난 우유는 버리자'처럼 자신만의 기준이 필요합니다. 물론 위장이 얼마나 튼튼한지, 그리고 매일 몸 상태에 따라서 조금씩 달라지지만요. 이렇게 대략적인 기준이 있으면 남은 음식을 먹을 수 있을지 판단할 수 있고, 슈퍼에서 유통기한이 얼마 남지 않아 세일하는 식료품을 살지 말지 결정하는 데 도움이 됩니다.

기준을 만들려면 오로지 실험하는 길밖에 없습니다. 물론 셀프로요!

소요 시간

1 분

이걸 어째 지수

25 %
🔻🔻🔻

콕콕 살림 조언
마지막에는 자신의 후각을 믿어봅시다. 비염이 있다면 금물!
(42세, 여성)

냉장고 안
식재료를 확인하다
'삐삐'
경고음이 울릴 때

이름

쿨한 경고

혼밥용 점심을 준비할 때는 냉장고에 있는 재료만으로 어떻게든 해결하는 것이 기본이죠. 달걀, 어묵, 케첩, 낫토. 냉장고 채소 칸에는 오이와 양파, 썰어둔 마늘. 냉동실에는 냉동해둔 밥과 완두콩. 냉장고 안을 들여다보면서 '이걸로는 아무것도 못 만들겠는데······' 하고 멍하게 서 있다가 다시 메뉴를 고민합니다. 그러자 냉장고에서 '삐삐' 하는 무언의 압력이 들려옵니다. 냉기가 빠져나가니 빨리 닫으라는 경고음이 울리는 거죠.

전기 요금도 아깝고 식료품도 상할 수 있으니까 일단 냉장고 문을 닫습니다. 그리고 냉장고에 들어 있는 재료로 어떤 요리를 할 수 있을지 다시 생각합니다.

아~ 메뉴 생각하기 귀찮아······. 냉장고에 남은 재료로 만들 메뉴를 자동으로 제안해주는 기능, 누가 좀 개발해주면 좋겠네요.

소요 시간   이걸 어째 지수

2초   **25**%

콕콕 살림 조언

냉기가 빠져나가지 않도록 비닐로 커튼을 치면 죄책감이 조금 줄어듭니다. (37세, 여성)

27

혼자 점심 먹을 때
주방에 선 채로
끼니 때우기

이름

스탠딩 런치

혼자 먹을 점심 메뉴를 고민하기가 너무 귀찮은 날에는 이미 '적당히' 레벨을 넘어서 깊고 긴 바닥까지 추락하곤 합니다.

어제 남은 반찬으로 대충 먹을까. 밥이랑 김치만 꺼내서 먹을까. 설거지가 늘어나니까 밥 위에 전부 올려서 먹을까. 아니야, 차라리 주방에서 먹으면 좋겠다!

결국 혼자 주방에 서서 아직 그 누구도 먹어본 적 없는 새로운 덮밥 메뉴를 개발해 밥과 반찬을 비빕니다. 게다가 의외로 맛있다니!

식당에는 종업원끼리 식사할 때 적당히 남은 재료로 만드는 요리가 인기 메뉴가 되기도 합니다. 하지만 가정에서 이렇게 만드는 덮밥 신메뉴가 가족의 인기 메뉴가 될 날은……. 애초에 가족에게 내놓을 수준이 아니잖아!

소요 시간

이걸 어째 지수

콕콕 살림 조언
먹는 일조차 귀찮다고 느껴지는 날도 있습니다. 먹기만 해도 대단해요. (37세, 여성)

28

후줄근한 차림일 때
택배 벨이 울려
긴급 변신하기

이름

출동 준비

낮에 집에 있으면 무방비 상태가 됩니다. 목이 다 늘어난 티셔츠를 입고 집안일을 해치우고, 헝클어진 머리 상태로 바쁘게 보냅니다. 이럴 때 꼭 타이밍을 기다렸다는 듯 택배기사가 찾아옵니다. '딩동~' 처음 초인종이 울리면 긴장감이 흐릅니다. 몇 초 만에 옷을 갈아입을 수 있을지, 겉옷을 걸치면 대충 괜찮을지 생각하는 사이에 두 번째 벨이 울립니다. '딩동~'

이걸 놓치면 재배달 코스로 가는 길이 분명합니다. (역주* 일본은 택배를 문 앞에 두고 가지 않고 수취인이 부재이면 다시 방문해서 배달한다) 재배달도 귀찮지만, 재배달을 요청하는 것도 택배기사에게 미안하다는 온갖 생각이 머릿속에서 뒤섞이면서 용기를 쥐어짜 대답합니다.

"잠깐만 기다리세요!" 자, 옷 갈아입는 데 딱 10초 남았다!

소요 시간 　이걸 어째 지수

콕콕 살림 조언

얼굴이 잘 보이지 않을 정도로 아주 작은 틈만 남기고 문을 열어서 택배를 받으면 됩니다. (30세, 여성)

29

지저분한 집은
연말 대청소 때
치우려고 무한 연기 중

이름

대대대대 대청소

매년 연말이 오면 대청소를 합니다. 1년 동안 묵은 때를 한꺼번에 털어내고 다가오는 새해를 준비하는 행사지요. 힘들지만 중요한 집안일이라 할 수 있습니다.

그런데 1년이 슬슬 끝나갈 무렵에는 점점 대청소를 미루며 핑계 삼는 일이 늘어납니다.

후드에 찌든 기름때를 발견해도, TV나 세탁기 뒤에 쌓인 엄청난 먼지를 보아도, 가스레인지 화구에 까맣게 눌어붙은 자국을 발견해도 못 본 척 지나갑니다. 싱크대 배수구에 달라붙어 절대 안 떨어질 것 같은 물때를 보아도 지나칩니다.

'어차피 대청소할 때 한 번에 다 닦으면 되잖아!'

이렇게 대청소를 핑계로 지금의 일을 미루곤 합니다. 올해 대청소는 대대대대 대청소가 될 것 같네요!

소요 시간

이걸 어째 지수
30%

콕콕 살림 조언
우리 집은 1월이 되자마자 이미 연말 대청소로 미뤘습니다.
(32세, 여성)

창문을 매일 닦으면
좋은 운동이 되겠다고
생각만 하기

이름

창문 스트레칭

대청소라는 이름에 걸맞은 청소를 꼽자면 뭐니 뭐니 해도 창문 청소겠지요. 거실 창문은 가끔 닦기도 하지만 매일같이 모든 방에 있는 창문을 닦기는 힘듭니다.

창문을 닦다 보면 의외로 힘이 필요하다는 사실을 깨닫습니다. 손을 쭉 뻗으면서 허리에 힘을 주고 팔을 좌우로 크게 흔듭니다. 무릎을 굽힌 채 위아래로 이동합니다. 평소에 워낙 운동을 안 하다 보니 이 동작만으로도 충분한 운동이 됩니다. 그러자 문득 좋은 생각이 떠올랐습니다.

'창문 닦는 일은 공짜 헬스장에서 운동하기와 같네. 스트레칭도 되고 집도 깨끗해지다니 완전 이득! 내일부터 정기적으로 해야지.'

하지만 너무나 당연하게도 이 마음가짐은 현실이 되지 못한 채, 다음 해 대청소를 맞이하곤 합니다. 바쁘니까 어쩔 수 없죠.

소요 시간 **15분**   이걸 어째 지수 **30%**

콕콕 살림 조언
애초에 창문을 닦아본 적이 없습니다. 창문 따위 안 닦아도 사는 데 아무 지장 없어요. (30세, 여성)

31

세제를 리필하다
콸콸콸 흘러
끈적끈적한 바닥 닦기

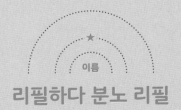

이름

리필하다 분노 리필

요즘 세제나 샴푸, 보디샴푸 등 용기에 리필하는 제품이 늘어났습니다. 리필은 환경 보호는 물론 가계 절약에도 도움이 되니 일석이조!

하지만 리필할 때 액체가 갑자기 쏟아져 흘러내리기도 합니다. 최악의 경우 바닥에 흐르는데, 아무리 노력해도 병 입구가 지저분해집니다.

요즘에는 두 번씩 리필 가능한 분량이 들어 있어서 더욱 저렴한 제품도 많습니다. 단, 용기에 부을 때 흘러내릴 뿐만 아니라 넘칠 수도 있으므로 조심해야 합니다.

봉투 안에 가득 들어 있기 때문에 중간에 멈추려고 해도 타이밍을 놓치면 용기 바깥으로 엄청나게 흘러넘칩니다. 분명 절약하려고 샀는데 뭔가 손해 본 기분!

소요 시간   이걸 어째 지수   **콕콕 살림 조언**

5초   70%   세제를 닦은 수건을 그대로 세탁기에 넣으면 세제를 넣을 필요가 없습니다. (32세, 여성)

32

완벽한 계획을 세웠는데
기분이 가라앉아
일할 마음이
확 사라질 때

이름

퇴근 타이밍

온종일 아무런 일정이 없는 날은 지금껏 미뤄온 자잘한 집안일을 하기 좋은 절호의 기회입니다. '오전에는 신발을 세탁해서 널어두고, 재활용품 분리배출을 해야지. 오후에는 현관에 쌓인 택배 상자를 정리하고 우편물 분류를 해야지. 그러고 나면 인터넷으로 생필품 주문을 해야지.' 이렇게 1밀리미터의 오차도 없는 완벽한 계획이 세워집니다.

그러나 완벽한 계획을 완벽하게 무너뜨리는 문제 발생! 신발을 닦다가 더러운 물이 옷에 튀어 세탁기를 한 번 더 돌려야 하고, 택배 상자를 정리하다 상처가 나 완전히 의욕을 잃기도 하고…….

계획이 완벽할수록 뒤로 밀리는 일을 제시간에 맞추기는 어렵습니다. 당연히 계획은 완전히 망가지죠. 이런 날에는 그냥 집안일을 끝내도 되겠죠!

소요 시간
45분

이걸 어째 지수
90%

꼭꼭 살림 조언

집안일에도 강약이 중요합니다. 아무것도 하지 않는 날도 필요해요. (52세, 여성)

뒤집힌 슬리퍼 바닥이
더러워 놀랐다가
그냥 제자리에 놓기

이름

바닥의 세계

잘 알려지지는 않았지만, 이름 없는 집안일을 만들어내는 범인 중에는 슬리퍼를 빼놓을 수 없습니다. 한 짝씩 나뒹구는 슬리퍼를 가지런히 정돈하기. 현관에 가져다놓기. 분명 벗어둔 슬리퍼가 행방불명되어 여기저기 맨발로 찾아다니기. 자기 슬리퍼를 가족 중 다른 사람이 신고 다니면서 바꿔 신기…….

이런 일쯤은 아무것도 아닐 정도로 심리적으로 대미지를 입는 순간이 있습니다. 바로 뒤집힌 슬리퍼 바닥이 상상 이상으로 더러운 모습을 목격했을 때입니다.

바닥이 더러우니 슬리퍼 바닥도 더러워졌겠죠. 그리고 슬리퍼 바닥이 더러워졌으니 또다시 바닥이 더러워지는 무한 반복. 가능하다면 모른 척 넘어가고 싶은 불편한 진실 그 자체입니다. 다음번에 슬리퍼 바닥을 닦아야지, 아니면 새로운 슬리퍼로 교체해볼까…… 일단 그때까지는 못 본 걸로 해야겠다…….

소요 시간
7초

이걸 어째 지수
5%

콕콕 살림 조언
통째로 세탁할 수 있는 슬리퍼를 사면 편리합니다.
(55세, 여성)

34

물건을 버리려다가
결국 아무것도 버리지 못하고
시간만 버리기

이름

추억 청소

마음먹고 물건을 버리고 싶을 때가 있습니다. 옷장을 정리하거나 대청소를 할 때도 그렇고, 물건이 너무 많아서 막상 필요한 물건을 찾기 힘들 때도 그렇습니다. 창고에서 어둠에 둘러싸인 박스를 발견했을 때도요.

이처럼 계기는 다양합니다. 막상 정리를 시작하면 추억에 잠겨 옛날 생각에 빠지기도 합니다. 창고나 박스에 들어 있는 것들을 전부 꺼내서 하나씩 살펴보면 잊고 있던 추억이 되살아나고요.

'여행 갔을 때 사 온 기념품이네.' '이런 사진이 아직도 있었구나.' '뭐지, 이 편지는.' '이때로 돌아가고 싶다……'

결국 얼마 안 되는 서류 뭉치만 정리하고 그 외 물건은 남겨두기로 했네요.

몇 년 동안 열어보지 않았던 상자는 그대로 버리는 것이 제일 좋아요!

소요 시간   이걸 어째 지수

3시간   65%

콕콕 살림 조언

죽을 때 어차피 버릴 거, 지금 버려도 똑같아요.

(52세, 여성)

35

아이가
잠에서 깨지 않도록
유모차 바퀴를
들어 올려 끌기

이름

유모차 곡예

아이와 함께 외출하는 일은 긴장의 연속입니다. 전철에서 큰 소리를 내지는 않을지, 쇼핑할 때 같이 따라와 줄지, 집에 가고 싶다고 징징대지는 않을지……. 이런 긴장 상태가 유일하게 느슨해지는 순간은 아이가 유모차에서 새근새근 잠이 들었을 때가 아닐까요.

비로소 여러 가지 생각이 머릿속을 스칩니다. 카페에서 커피를 한 잔 마실지, 얼른 쇼핑을 끝낼지, 점찍어둔 옷을 입어볼지 고민합니다. 그렇습니다. 아이가 잠이 든 시간이야말로 자유롭게 하고 싶은 일을 하는 프라이빗한 순간이죠.

여기서 중요한 점은 어떻게든 아이를 깨우지 않고 이동해야 한다는 사실입니다. 조급함은 금물! 조심스럽게 유모차 시트를 뒤로 젖히고, 가리개에 얇은 담요를 덮어 어둡게 만들어줍니다. 도로 곳곳에 숨어 있는 턱을 조심스럽게 피하면서 목적지로 향합니다. 가능하면 한 시간 정도 푹 자면 좋겠는데 말이죠.

소요 시간 이걸 어째 지수

콕콕 살림 조언

아이가 유모차에서 잘 때 카페에서 커피 한잔하면 최고예요!
(32세, 여성)

저녁

가족이 집에 돌아오는 시간에 맞춰 집에서는 다시 바쁜 일상이 시작됩니다. 방을 정리하고, 남은 집안일을 정리합니다. 저녁 메뉴를 생각하면서 장을 봅니다. 쉴 틈을 주지 않고 습격하는 온갖 종류의 이름 없는 집안일을 해치우면서 무사히 밤을 맞이할 수 있을까요……

36

사고 싶은 물건이 있는데
이름이 생각나지 않아
검색 포기하기

이름

너의 이름은

무언가 궁금할 때 곧바로 검색해서 확인할 수 있다는 것이 인터넷 검색의 장점입니다. 이제는 인터넷 없는 생활은 상상조차 못 할 정도로 삶의 일부분이 되었지요. 하지만 문제가 하나 있습니다. 당연하지만 찾아볼 단어를 모른다면 검색을 할수 없다는 사실입니다.

지인이나 친구와 이야기하다가 나오는 '그것', TV에서 보고 편리하겠다고 생각한 '그것', 요즘 계속 갖고 싶던 '그것', 요즘 유행템이라는 '그것'. 나이 먹을수록 이름이 안 떠오르고 '그것'이 늘어만 갑니다.

이제부터는 단편적인 정보를 단어로 표현하면서 어떻게든 검색해보곤 합니다.

'뭐였지, 편리용품, 밥주걱…….'

그리고 검색 버튼 클릭! 어, 나왔다! '세워두는 밥주걱'이라니, 설명 그대로잖아!

소요 시간   이걸 어째 지수

3분   **10**%
♦♦♦

콕콕 살림 조언

검색할 단어 사이에 'AND'를 넣으면 정확도가 높아집니다.
(28세, 여성)

물이 잘 안 빠지는
더러운 배수구,
물로만 세계 쓰기

이름

물줄기 발사

배수구는 집 안에서도 쉽게 더러워지는 부분입니다. 처음에는 조금 더러워진 수준에서 끝나지만, 점점 물이 빠지는 속도가 느려집니다. '슬슬 청소해야겠다'라고 생각하면서도 못 본 척하다 보면 완전히 막히는 지경에 이르지요.

어쩔 수 없이 배수구 뚜껑을 들어 올려보니 머리카락과 쓰레기가 서로 뒤엉켜 미끈미끈한 물때가 끼어 있네요. 완전 끈적끈적⋯⋯.

자업자득이긴 하지만 상상 이상으로 심각한 상황에 청소할 마음조차 사라졌습니다. 그렇다고 아무것도 안 하면 물은 계속 내려가지 않겠지요.

그래서 타협책으로 샤워기로 물을 세게 틀고 물때만 흘려 보내는 방법을 떠올렸습니다. 이렇게만 해도 물은 충분히 내려가거든요.

쓰레기는 내일 치우면 되니까⋯⋯.

소요 시간   이걸 어째 지수

30초   20%

콕콕 살림 조언

배수망을 조금만 기울여서 틈을 만들어 물을 흘려 보냅니다.
사실 이렇게 하면 안 되지만⋯⋯. (28세, 여성)

38

청소기 먼지통
비우는 순간,
작은 먼지가 피어올라
다시 청소기 돌리기

이름

먼지의 춤

청소기 먼지통 비우기. 정말 딱 이것만 하면 되는데도 이상하게 귀찮은 일이 계속 일어납니다.

먼지통을 분리한 순간 작은 먼지들이 춤추면서 떨어집니다. 먼지통에 쌓인 먼지를 쓰레기통에 비울 때도 먼지가 넘칩니다. 쓰레기통에 먼지통을 대고 탁탁 털다 보니 원래 쓰레기통에 있던 먼지들이 다시 바깥으로 탈출합니다. 먼지통을 청소기에 끼우는 순간, 작은 먼지들이 춤을 춥니다.

이럴 때마다 기침은 물론이고 청소기를 다시 돌리거나 휴지로 먼지를 모아야 합니다. 다음번 청소할 때 깨끗하게 하면 되지만, 먼지가 춤을 추면서 바닥에 떨어지는 순간을 목격한 이상, 바로 어떻게든 해야겠다는 생각이 듭니다.

나란 사람은 왜 이런 부분에서 쓸데없이 성실한 걸까…….

소요 시간

30초

이걸 어째 지수
40%
◊◊◊

콕콕 살림 조언
귀찮지만 청소기 먼지통이 가득 차기 전에 비우는 것이
좋아요. (30세, 여성)

분명 완벽하게
청소했는데도
다시 청소하기

이름

음모의 음모

분명 방금 청소했는데 바닥에 머리카락이 보일 때가 있습니다. 확실히 깨끗하게 청소했는데도 말이죠. 게다가 꼬불꼬불한 털이라니. 그냥 머리카락도 아니고, 꼬불꼬불한……

백번 양보해서 머리카락이라면 이해가 갑니다. 머리를 쓸어 넘기거나 옷에 붙었던 머리카락이 떨어지기도 하니까요. 머리카락은 하루에 최소 50가닥은 빠진다고 하니 자연스럽게 빠져서 떨어지기도 합니다. 하지만 꼬불꼬불한 털입니다. 알몸으로 지내는 것도 아닌데 대체 왜……

바닥뿐만이 아닙니다. 식탁을 닦고 식사 준비를 하는 순간에도, 침대 시트를 세탁해서 이부자리를 정돈할 때도 조용히 장식처럼 떨어진 털을 발견합니다. 그냥 머리카락도 아니고 꼬불꼬불한……

이건 정말 음모가 아니고서는 대체 뭘까요!

소요 시간
7초

이걸 어째 지수
60%

콕콕 살림 조언

절대 내 것은 아니라고 믿습니다.
(42세, 여성)

소파에 누워
세탁기 작동 소리는
잠시 흘려듣기

이름

알림은 무시

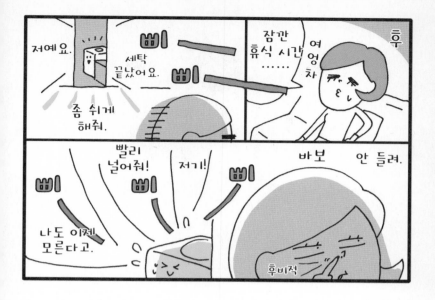

소파에 눕자마자 마치 기다렸다는 듯 방해꾼이 나타납니다. 이런 경험은 저만 겪는 일이 아닐 거예요. 우리 집의 단골 방해꾼인 세탁기가 내는 소리입니다.

'삐-삐-삐(어이, 다 끝났다고.)' 처음에는 못 들은 척하면서 드러눕습니다. 하지만 요즘 세탁기에는 몇 분 간격으로 세탁이 끝났다고 계속 알려주는 기능이 있는 제품도 많아서, 계속해서 경고음이 울리기도 합니다.

'삐-삐-삐(어이, 들었어?)'

'삐-삐-삐(빨리 너는 게 좋아!)'

'삐-삐-삐(난 이제 몰라!)'

이처럼 세탁기가 말하는 소리가 들려오는 느낌이 든다면 세탁기도 자기 몫을 하고 있다는 이야기일 수도 있겠네요. 미안해, 잠깐만 기다려줘…… 소파가 날 놓아주지 않아…….

소요 시간   이걸 어째 지수

15분   **55**%

콕콕 살림 조언

다음 날 아침까지 그냥 내버려두지 않아도 대단해요!
(37세, 여성)

41

방송용 주부들 부러워하다가 반찬이나 더 만들어보기

이름

현실 주부

가족의 건강을 생각한 식사. 구석구석 잘 청소된 집. 깔끔하고 단정한 옷차림에 포인트가 되어주는 명품 가방. 게다가 취미도 일도 빈틈없이 노력하는 모습.

이런 이미지를 만드는 이들을 슈퍼 주부라고 하죠. 상상을 뛰어넘는 초인적인 존재라 해도 과언이 아닙니다. 그런 모습을 보면서 '아, 나도 저렇게 되고 싶다'고 생각하는 사람들도 있을지 모르겠습니다. 한편으로는 '누구에게나 24시간은 공평한데 왜 이런 차이가 나는 거야'라면서 질투심이 솟구치기도 하죠.

여기서 중요한 점은, 그런 사람은 그냥 초인이려니 받아들이는 자세 아닐까요. 내가 할 수 있는 부분만 따라 하면 됩니다.

매일 웃는 얼굴 유지하기, 저녁 반찬 하나 더 만들어보기, 가끔 멋내기. 그렇게 매일 노력하고 있으니 충분히 멋져요!

소요 시간

이걸 어째 지수

콕콕 살림 조언
별로 부럽지 않아요. 어차피 다른 세계에 사는 사람이니까요.
(37세, 여성)

42

아껴둔 과자가 없어져
용의자 얼굴이 떠오른 순간,
다시 과자 등장

이름

과자 실종 의혹

혼자 집안일을 끝낸 후에 남겨둔 과자 먹는 일은 즐겁습니다.

가족을 위해 사둔 과자가 아닌 약간 고급스러운 과자는 저만을 위한 특별 간식이지요. 3000원짜리 아이스크림, 편의점에서 파는 푸딩, 아니면 선물 받은 디저트 세트처럼 숨겨놓은 것일 때도 있죠.

떨리는 마음으로 숨겨둔 곳을 열어봅니다. 그러자…… 없네요? 있어야 할 과자가 없어요. 남겨뒀는데! 이걸 먹으려고 열심히 일했는데.

실망감은 분노로 바뀌어 저도 모르게 '그 녀석이 먹었구나……' 하고 분노의 화살이 가족으로 향합니다. 그렇게 혼잣말을 내뱉으며 찾아보던 중 안쪽에 제가 찾던 과자가 있네요?! 아니, 이렇게 숨바꼭질을 잘하면 어떡하니!

대놓고 가족에게 먹었다고 뭐라고 하기 전에 찾아서 다행이다…….

소요 시간 이걸 어째 지수

3분 30%

콕콕 살림 조언

의심해서 미안하다고 마음속으로나마 사과하는 것이 중요!
(32세, 여성)

43

카페에 자리가 없어
돌고 돌다 지쳐
반찬만 사서 집으로

이름

카페 난민

카페는 일상의 오아시스입니다. 커피나 차는 집에서도 마실 수 있지만, 집에 있으면 해야 할 일을 신경 쓰거나 쓸데없이 뒹굴뒹굴하기 마련이죠. 그래서 적당히 사람들이 있는 카페는 머릿속에서 집안일을 깨끗하게 잊고 힐링하기 좋은 장소이기도 합니다.

집안일을 마무리하고 저녁까지 조금 시간이 남았을 때는 장을 보러 다녀올 겸 카페에 들르기 좋습니다. 하지만 좋아하는 카페는 다른 사람 눈에도 좋아 보이는지 항상 사람들로 가득합니다.

가장 애매한 순간은, 자리는 비어 있는데 푹신한 소파 대신 딱딱한 의자만 남아 있을 때입니다. 딱딱한 의자라도 앉을지, 다른 카페에 갈지, 그런데 다른 카페에 가더라도 앉을 만한 자리가 있을지 어떨지도 모르니…….

누가 자리 좀 비켜주세요…….

소요 시간

이걸 어째 지수

콕콕 살림 조언
집에서 맛있는 커피를 내리면 시간도 돈도 절약!
(37세, 여성)

44

장보기 메모를 집에 두고 와서
기억을 더듬으며
식재료 구입하기

이름

내 머릿속의 메뉴

뭘 살지 메모했는데 메모 자체를 놓고 왔습니다. 이럴 때는 기억을 더듬어보며 장을 봅니다.

'카레를 만들 거니까 양파랑 당근이 필요하겠지. 감자는 있으니까 괜찮고.'

시간이 걸리지만 의외로 장 볼 리스트를 떠올리는 스스로의 모습에 놀랍니다. 학창 시절 커닝페이퍼를 만들다가 그 과정에서 의도치 않게 암기를 하던 느낌과 비슷합니다. 메모를 쓰다가 대충 기억을 했나 봅니다.

그리고 장을 다 보고 집에 돌아오면 정답 맞히기가 시작됩니다.

양파 샀고, 당근 샀고, 감자는 있는 줄 알았는데 없네. 감자 대신…… 어묵을 넣으면 되지!

소요 시간 **15분**

이걸 어째 지수 **60%** ♦♦♦

콕콕 살림 조언

메모는 100퍼센트 놓고 가니까 스마트폰으로 찍어두세요!
(45세, 여성)

45

분명 다 쓴 것 같아
사 왔더니
냉장고에서
열지도 않은 새것 발견

이름

삼중 구입

상품 진열대를 보다가 '그러고 보니 저것도 사야 하는데' 하면서 문득 잊고 있던 것이 떠오르는 일이 있습니다. 장바구니 목록에서 빠졌지만 생각나서 다행이라며 가슴을 쓸어내립니다.

막상 쓰려고 할 때 없어서 불편한 케첩, 마요네즈 같은 소스나 식초 등이 여기에 해당하지요. 그리고 집에 돌아와서 냉장고에 넣으려고 문을 연 순간, 완전 똑같은 물건을 발견합니다. 게다가 막 개봉했는지 하나도 안 줄었네요.

'착각했나 보다……' 생각하면서 보관하려고 창고를 열었더니 또 있네요! 이 정도면 이중 구입이 아니라 삼중 구입…….

그리고 굳게 마음먹습니다.

메모에 적어둔 것만 사야지. 그리고 메모를 절대 잊지 말아야지!

소요 시간

이걸 어째 지수

콕콕 살림 조언
한가할 때 냉장고 안을 사진으로 찍어두면 여러모로 편리해요.
(36세, 여성)

다릿살과 가슴살 중,
어느 쪽이 부드러운지
찾아보기

이름

흔들리는 부위

요리 초보가 매번 헷갈리는 부위가 바로 닭다릿살과 닭가슴살입니다.

닭다릿살은 부드러우면서도 육즙이 있고, 닭가슴살은 담백하고 다이어트에 좋습니다. 천천히 생각하면 어렵지 않지만, 닭고기를 파는 곳에서 바로 골라야 할 때는 머릿속이 하얘지면서 고민에 빠집니다.

한번 고민이 시작되면 어쩐 일인지 생각을 거듭할수록 정답에서 멀어집니다.

'닭다릿살은 근육을 많이 쓰는 부위니까 수축해서 건강할 것 같은데.'

'닭가슴살은 부드러울 것 같아.'

결국 스마트폰으로 검색할 수밖에 없습니다.

닭고기 코너 앞에서 스마트폰을 만지작거리는 사람이 있다면 지나가는 데 불편해도 눈감아주세요. 요리 재료를 열심히 공부 중이니까요.

소요 시간   이걸 어째 지수

8초   10%

콕콕 살림 조언

다짐육도 어떤 조합이 좋을지 늘 고민이지만 결국 많이 써보는 길뿐이에요. (37세, 여성)

47

슈퍼에서
아이가 좋아하는 캐릭터
못 보도록 쇼하기

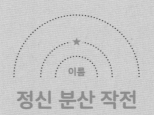

이름

정신 분산 작전

슈퍼나 쇼핑몰에는 아이가 갖고 싶어 할 만한 물건들이 넘쳐납니다. 그중 제일은 캐릭터가 인쇄된 상품이죠. 과자나 장난감 코너가 가장 위험한 지역이라는 사실은 틀림없지만, 그 밖에도 곳곳에 함정이 깔려 있습니다.

뽀로로를 닮은 캐릭터가 찍힌 어린이용 카레. 분홍색 여우 캐릭터가 그려진 반창고. 노란 곰 캐릭터가 그려진 빵 봉지.

이런 물건들이 시야에 들어온 순간, 일부러 더 과장해서 아이의 시선을 끌어야 합니다. "와~ 이 고기 진짜 크다~!" "달걀 색깔이 이런 것도 있네!" "저 마네킹이랑 손잡아볼래?"

그리고 캐릭터 상품이 놓인 진열대 쪽을 보지 않도록 빠른 걸음으로 떠납니다.

안 돼, 거기 다른 함정이……!

소요 시간 이걸 어깨 지수

4분 **35**%

콕콕 살림 조언

뽑기 코너는 진짜 위험해요. 아이가 뽑아도 금방 질리거든요.
(32세, 여성)

48

어느 계산대
줄에 서면 빠를지
추리하는 일

이름

당첨 계산대

저녁 시간 슈퍼마켓은 늘 사람이 많습니다. 여기서는 어느 계산대가 가장 빨리 계산할 수 있을지 판단하는 일이 중요합니다.

포인트는 크게 세 가지로 나뉩니다. 첫 번째는 계산대 직원의 숙련도입니다. 상품마다 바코드 위치를 기억하는 프로급 직원이 있으면 처리 속도에 큰 차이가 납니다. 두 번째는 줄을 선 사람들의 장바구니 내용물입니다. 대량으로 구매한 사람이 있는지, 오늘 먹을 반찬만 샀는지를 살펴봅니다. 서 있는 사람 숫자만으로 판단하면 실패하기도 하므로 조심해야 합니다.

마지막으로는 줄 선 사람이 몇 명인지가 아니라 몇 팀이 기다리는지 정확히 판단하기입니다. 가족끼리 같이 서 있는 경우 줄이 긴 것처럼 보여도 실제로 계산할 양은 얼마 되지 않아서 내 차례가 빨리 돌아오기도 합니다.

빠르게 줄어드는 대기를 보면 기분도 상쾌 통쾌!

소요 시간   이걸 어째 지수

콕콕 살림 조언

직원 두 명이 같이 있는 계산대는 두 배로 빠릅니다.
(37세, 여성)

49

저녁 메뉴를 물어봐도
답이 없어서
계산하려는 순간

이름

두 번 줄 서기

장을 보다가 '오늘 저녁 뭐 먹고 싶어?' 하고 톡을 보냈습니다. 그런데 '먹고 싶은 것을 만들어주고 싶은 마음'을 무시한 채 무반응입니다.

채소 코너를 지나 신선식품 코너로 향합니다. 그리고 과자, 반찬 판매대로 갑니다. 아직도 반응은 없습니다.

'답장이 없네' 하고 반쯤 화를 내면서 메뉴를 정하고는 계산대 앞에 섰습니다. 그리고 다음 차례가 되었을 때 스마트폰이 짧게 울립니다.

답장이 너무 늦었네요. 그것도 예상하지 못했던, 지시에 가까운 요청이라니……. 먼저 희망하는 메뉴를 물어본 이상 무시하기도 껄끄럽습니다. 할 수 없이 매장으로 되돌아갑니다. 다시 한번 저녁 시간의 길고 긴 계산대 앞에 줄 설 각오를 하면서…….

소요 시간
20분

이걸 어째 지수
75%

콕콕 살림 조언
계산대 줄이 너무 긴 날에는 일부러 답신을 못 본 척합니다.
(37세, 여성)

50

비닐봉지가
잘 펴지지 않을 때
손가락에 침 묻히기

이름

셀프로 촉촉하게

손끝이 건조해서 비닐봉지가 잘 펴지지 않을 때가 있습니다. 그럴 때는 저도 모르게 손가락에 침을 묻혀서 촉촉함을 더해준 다음 비닐봉지 입구를 엽니다.

그런데 이것보다 더한 강적이 있습니다. 생선이나 고기, 채소 같은 신선식품을 담을 때 쓰는 롤 형태의 비닐 팩입니다. 비닐 팩의 시작 부분이 롤에 딱 붙어 있어서 건조한 손끝으로는 절대 떼어질 기미조차 보이지 않죠.

롤 형태의 비닐 팩은 많은 사람이 사용하는, 이른바 공동의 재산입니다. 그러니 아무래도 침을 묻혀서 뗄 수는 없습니다. 할 수 없이 근처에 덩그러니 놓인 행주에 살짝 손을 대서 촉촉함을 보충합니다.

어릴 적에는 손가락에 침을 묻히는 이유도, 왜 이런 곳에 행주가 있는지도 이해할 수 없었는데 말이죠.

어느덧 제대로 어른이 되었나 봅니다…….

소요 시간

3초

이걸 어째 지수
15%

콕콕 살림 조언
손끝이 건조한 이유는 집안일을 열심히 했다는 증거!
결코 나이 탓이 아니에요! (32세, 여성)

51

계산대에서는 안 보이면
포인트 카드가
계산 후 나타나는 일

이름

갑자기 뿅

"포인트 카드 있으세요?" 요즘은 어느 가게에 가도 이런 질문을 받습니다.

"있어요" 하고 대답하면서 지갑을 뒤적뒤적…… 하지만 보이지 않아요. 분명 있을 텐데……. 당황하면 당황할수록 찾을 수 없는 존재가 바로 포인트 카드입니다. 그리고 그런 제 모습에 비수를 꽂듯 쏟아지는 주위의 시선! 계산하는 직원은 물론 뒤에 서 있는 사람 중에는 일부러 크게 한숨을 쉬거나 혀를 쯧쯧 차는 사람도 있습니다. 그렇게까지는 안 해도 되는데…….

그런 압박을 이기지 못하고 비슷하게 생긴 포인트 카드를 내밀거나, "분명 있을 텐데요……" 하고 쓴웃음을 지으며 계산을 마칩니다.

계산대를 뒤로하고 긴장감에서 해방된 상태로 한 번 더 지갑 안을 찾아봅니다. 그러자 갑자기 뿅 하고 얼굴을 내미는 카드네요. 꼭 뒤늦게 적립이 안 되는 카드가 있어요.

소요 시간

이걸 어째 지수

콕콕 살림 조언
부자들은 포인트 카드가 없겠죠. 포인트 카드를 찾는 스트레스에서 해방되고 싶어요! (30세, 여성)

52

마트에서
투정 부리는 아이에게
엄마 먼저 간다고 하고,
사각지대에 숨기

이름

마트 숨바꼭질

분명 방금까지 웃고 있었는데 갑자기 온몸을 배배 꼬며 투정을 부리는 아이. 징징 대고, 바닥에 드러눕습니다. 부모에게는 상당히 골치 아픈 상황입니다.

처음에는 조심스럽게 달래면서 "무슨 일이야?", "일어서 보자", "자, 가자" 하고 말을 걸어봅니다. 하지만 전혀 나아질 기미가 보이지 않아, 되레 머리끝까지 화가 나죠. 여기서 최종 수단을 꺼내 듭니다. "이럴 거면 먼저 갈 거야" 하는 공격 카드 죠. "엄마 먼저 갈 거야"라고 얘기하고는 마치 도깨비처럼 떠납니다. 신경이 쓰여 도 뒤돌아봐서는 안 됩니다.

기둥을 돌아서고 나면 불필요한 신경전이 시작되지요.

귀를 쫑긋 세우는 부모와, '어차피 돌아올 거잖아' 하는 듯한 얼굴로 전혀 움직이 지 않는 아이. 주위 시선 때문에라도 부모가 먼저 꺾이곤 하지만요……

소요 시간   이걸 어째 지수

5분   **70**%
◇◇◇

콕콕 살림 조언

살짝 들여다보고 눈이 마주치면 바로 숨어요.
이걸 반복할 수밖에. (36세, 여성)

밤

퇴근해서 식사를 하고 샤워합니다. 내일을 위한 준비를 하고 잠자리에
듭니다. 그러나 현실은 그게 다가 아닙니다. 하루를 마무리하기 위해서
수많은 이름 없는 집안일을 해내야 하지요. 마무리하고 싶지만 마무리가
없는 현실! 부탁이야, 빨리 자고 싶다고…….

53

택배 올 시간에
맞춰서
서둘러 집에 오기

이름

택배 신데렐라

인터넷 쇼핑이 보편화된 덕분에 늘어난 집안일이 있습니다. 바로 택배 재배달을 받는 집안일입니다. (역주* 일본에서는 택배를 수취인이 직접 받지 못하면 시간을 지정하여 재배달을 요청해야 한다)

처음 택배가 오면 받는 사람이 도착 시각을 지정하지 못하므로 재배달을 요청하는 경우가 많지요. 하지만 재배달은 다릅니다. 받은 사람이 날짜와 시간을 지정하므로 받지 못하면 100퍼센트 신청한 사람의 책임이라 택배기사에게 죄송할 따름입니다. 그래서 쇼핑하다가, 일하다가, 아이의 어린이집 하원을 하다가도 온 힘을 다해 택배 시간에 맞춰 집에 갑니다. 마치 스스로 정한 통금 시간처럼요.

재배달 시간 지정은 2시간 간격인 경우가 많은데, 18:00~20:00 사이로 지정하면 저녁 6시에 올 수도 있고 8시에 아슬아슬 턱걸이로 올지도 모릅니다.

부탁이야, 제발 늦게 와줘!

소요 시간

15분

이걸 어째 지수

60%

콕콕 살림 조언

집 앞에서 딱 맞춰서 만나면 소확행을 느낄 수 있어요.
(28세, 여성)

채소 썰다가
싱크대에 굴러떨어진 부분
얼른 줍기

이름

탈락자 구출 작전

통통통통통통통······. 듣기만 해도 기분 좋은 리듬으로 채소를 써는 소리가 들린 다면 슬슬 저녁 시간이라는 의미입니다. 그런데 직접 요리를 해보면 너무나 당연 히 들리던 도마 소리를 내는 일이 참 어렵다는 사실을 깨닫지요.

그렇습니다. 재료 끄트머리가 칼에 달라붙다가 데굴데굴 굴러 어딘가 떨어질 때 마다 리듬이 흐트러집니다. 오이나 당근을 둥글게 썰다 보면 100퍼센트 이런 일 이 일어납니다. 그대로 같은 리듬을 유지하면서 썰다가 마지막에 한꺼번에 주워 담을까. 아니면 그 자리에서 줍고 아무 일 없던 것처럼 물로 가볍게 씻어내고 다 시 썰까. 지금 주워도 어차피 또 몇 개 떨어질 텐데, 다 끝나고 한꺼번에 주워도 똑같겠지만 계속 싱크대에 내버려두면 뭔가 신경 쓰이고······. 이런 잡념이 손끝 에까지 미친 나머지 일이 더 늘어나기만 합니다. 저기, 다들 너무 굴러가는데!!

소요 시간

이걸 어째 지수

콕콕 살림 조언

칼등에 검지를 올려두면 안정된 자세로 썰 수 있어요.
(40세, 남성)

전자레인지
'자동' 모드를 불신해
우왕좌왕하는 일

이름

수동적 자동 모드

전자레인지의 자동 모드는 왜 그렇게 자동으로 돌리기 힘들까요.

컵에 우유를 넣고 돌렸는데 끓어 넘쳐서 내부에 온통 하얀 액체가 튀었습니다. 냉동해둔 밥을 해동하려고 했더니, 처음에는 전혀 해동이 안 되었는데 한 번 더 돌리자 용기를 손으로 만질 수 없을 만큼 뜨거워졌습니다. 게다가 매번 그릇이나 밀폐용기를 전자레인지에 돌려도 될지 확실하지 않아서 시간 소모가 심합니다.

매번 전자레인지 안을 닦고, 돌아가는 내내 내부를 들여다보고, 뜨거운 밥이 식을 때까지 기다리면서 손이 갑니다. 대체 어디까지 자동으로 가능한 건지……

설명서를 읽으면 되지만 기능이 너무 많아서 기억하기조차 귀찮습니다. 게다가 설명서가 어디에 있는지도 모르겠어요. 그래서 할 수 없이 또다시 자동으로 돌리지 못하는 자동 버튼을 누릅니다.

소요 시간 이걸 어째 지수

3분 60%

콕콕 살림 조언

고기 해동은 전날부터 냉장실에 넣어두는 것이 제일!
(37세, 여성)

56

약간 더러운 행주로
식탁을 닦다가
세균 광고 생각

이름

세균 환각

식사하기 전이나 식사를 끝낸 다음에는 식탁을 닦습니다. 대부분 가정에서 하는 일이라 할 수 있지요.

그럴 때 원래는 보이지 않던 것이 보일 때가 있습니다. '더러운 행주로 식탁을 닦으니 세균이 퍼졌어요!'처럼 TV 광고에 나오는 세균의 모습입니다. 게다가 초록색이나 노란색 같은 선명한 색으로…… 보일 정도면 환각이죠.

제대로 삶지 않아서 약간 더러워진 행주에는 세균이 달라붙어서 닦을 때마다 점점 퍼진다고 하네요. 약간 찜찜한 기분이 세균처럼 눈앞에 나타납니다. 결국 가볍게 행주를 빨아서 한 번 더 식탁을 닦습니다.

그 광고만 안 봤더라면 이런 환각을 보지 않고 지나갈 수 있었을 텐데…….

소요 시간
2분

이걸 어째 지수
40%

콕콕 살림 조언
세균은 집 안 곳곳에 있습니다. 신경 쓰지 않는 것이 좋아요.
(40세, 여성)

57

'알았어'라는
문자 마지막에
'^^' 정도는 붙이기

이름

섭섭한 응답

가족과 연락할 때는 거의 문자나 톡으로 하고 있습니다. 특별한 일이 없는 한 전화하는 일은 별로 없지요. 톡은 용건을 간단하게 전달할 수 있어서 무척 편리하지만, 감정을 느끼기 힘들다 보니 불필요한 오해를 초래할 때도 있습니다. 딱 한 글자가 부족한 느낌이 들거든요.

'우유 좀 사 와.' 'ㅇㅇ' 이렇게 내뱉는 듯한 말투에 약간 짜증이 납니다. 물론 보내는 사람에게 '귀찮지만 어쩔 수 없이 해야 하니까 짜증 난다'는 마음이 전혀 없어도 받는 사람 입장에서는 어딘가 기분이 나쁩니다.

'알았어요', '알았어!', '알았어~', '알았어^^'

이렇게 마지막에 한 글자, 아니면 이모티콘만 추가해도 느낌이 달라집니다. 글자가 주는 느낌은 마지막 한 글자에 따라 완전히 달라지니 서로 조금만 신경 쓰면 어떨까요?

소요 시간

2초

이걸 어째 지수
35%
♦♦♦

콕콕 살림 조언
우리 집은 정반대예요. 제가 한 글자를 붙여볼게요.
(34세, 여성)

58

직접 만든 반찬만 남아
혼자 전부
먹어치우기

이름

요리 패스

바쁜 일상에 파는 반찬은 무척 고마운 존재입니다. 일하고 오는 길, 가족끼리 외출하고 오는 길, 도무지 집에서 요리를 만들 수 없을 때 사서 바로 먹을 수 있으니 구세주라고도 할 수 있지요.

시판 반찬으로만 저녁을 준비하기도 뭔가 찜찜합니다. 그래서 가족의 건강을 고려해 된장국 정도는 직접 만들어 요리했다는 느낌을 내고 싶었습니다.

막상 식사를 시작하니 가족들의 젓가락은 시판 반찬으로만 향합니다. 튀김도 우걱우걱, 돈가스도 냠냠, 양념불고기도 꿀꺽…… 어, 된장국은 어떻게 됐어? 안 보이는 거야, 너희……?

그래서 먼저 솔선수범해서 된장국을 마시며 일부러 한마디 해봅니다.

"역시 된장국이 있으니까 다르네!"

소요 시간 40분

이걸 어째 지수 50%

콕콕 살림 조언

산 반찬이 간이 세서 그렇지 만든 요리가 진 건 아니에요.
(30세, 여성)

59

낫토를 담은
그릇을 닦으니
수세미도
낫토 범벅이 된 일

이름

끈적끈적 역습

설거지를 할 때는 순서가 중요합니다.

기름기가 많은 그릇부터 닦으면 수세미에 기름이 엉겨 붙고 거품이 잘 나지 않습니다. 게다가 기름이 다른 그릇에까지 묻어서 찜찜한 기분이 듭니다. 프라이팬이나 볶음 요리를 담았던 그릇은 마지막에 씻는 것이 철칙이지요.

마찬가지로 낫토를 담았던 그릇도 조심해야 합니다. 설거지 도중에 씻으면 낫토가 수세미에 스며들어 상당히 찜찜해집니다.

낫토를 담았던 그릇은 미리 맨 끝으로 미뤄뒀지만, 밥 위에 낫토를 올려서 먹었던 밥그릇은 깜빡 놓치기 쉽습니다. 먹는 법에 따라서는 상당히 덕지덕지 묻어 있을 수도 있어서 조심해야 합니다.

낫토는 맛있고 건강에도 좋은 데다 저렴해 완벽한 재료입니다. 다만 딱 한 가지, 설거지할 때 수세미를 더럽히는 것만 빼면 말이죠.

소요 시간
15초

이걸 어째 지수
40%
◊◊◊

콕콕 살림 조언
끈적거리는 낫토가 그릇을 쉽게 닦아주는 효과도 있답니다.
(48세, 여성)

60

밥그릇에 붙은
딱딱한 밥풀 떼려다
손톱 사이에 밥풀 장착

이름

밥풀의 공격

설거지할 시간이 없어서 그릇을 그대로 내버려 두었습니다. 그러자 막상 설거지할 때는 그릇에 달라붙은 음식물들이 딱딱하게 말랐습니다.

'물에 담가둘 걸 그랬네' 하고 후회해도 이미 늦었습니다. 잘 닦이지 않다 보니 그냥 해도 귀찮은 설거지가 한층 더 귀찮아졌습니다.

하지만 문제는 그뿐만이 아닙니다. 딱딱해진 음식물을 떼어내려고 했더니 마치 손톱이 부러질 듯 엄청 강력하게 달라붙어 있는 게 아닌가요! 특히 밥풀은 강적이라서 한층 뾰족하게 가시처럼 진화했습니다. 손가락과 손톱 사이의 부드러운 부분이 찔리기까지 합니다. 이건 뭐 거의 흉기네…….

이런 사태를 막으려면 가족들을 철저히 교육할 수밖에 없네요.

밥은 한 톨도 남기지 말고 다 먹을 것!

소요 시간

이걸 어째 지수

콕콕 살림 조언

뭐니 뭐니 해도 물에 담가두는 것이 제일 좋아요. 그리고 젓가락 반대편으로 쑤시면 쉽게 떨어집니다. (48세, 여성)

61

빈 페트병을 씻어서
찌그러트렸더니
남은 액체가 흘러나온 일

이름

한 방울 주의

페트병은 무척 편리하지만, 분리배출할 때 부피가 커서 꽤 귀찮은 집안일을 만들어내는 존재기도 합니다.

라벨과 캡을 분리하고 병을 가볍게 헹굽니다. 그리고 발로 밟아서 쓰레기봉투에 넣습니다. 가족 전원이 쓴 페트병을 전부 처리하다 보면 시간이 꽤 걸리지요.

페트병을 밟는 순간, 마시고 남은 액체 몇 방울이 바닥에 떨어지는 사건이 벌어집니다. 아무리 바닥을 닦아내도 달콤한 냄새가 남는 일이 생기죠. 못 본 척할 수도 있지만, 슬리퍼로 밟으면 피해가 커지리라는 예상이 됩니다. 게다가 말라서 얼룩이라도 지면 더 신경이 쓰이겠지요. 지금 바로 바닥을 닦는 것이 제일 편합니다.

제발 한 방울도 남기지 말고 마시라고……. 아니면 한번 밟아보라고…….

소요 시간
3분

이걸 어째 지수
25%
◊ ◊ ◊

콕콕 살림 조언

아이가 더는 입지 않는 속옷이나 옷을 모아두고 걸레 대신 쓰다가 그대로 버립니다. (36세, 여성)

음식물 쓰레기,
쓰레기통으로 향하다가
물방울이 똑

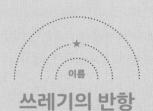

이름

쓰레기의 반항

하루가 끝날 즈음이면 쓰레기 정리하는 집안일이 우리를 기다립니다. 싱크대 배수구에 쌓인 음식물 쓰레기를 버리는 일은 주로 밤에 하지요.

여기서 문제는 아무리 쓰레기 물기를 빼도 쓰레기통까지 가져가면서 꼭 몇 방울이 바닥으로 떨어진다는 사실입니다. 게다가 아침부터 쌓이고 쌓인 음식물 쓰레기에 나는 진하게 코를 찌르는 악취……

배수구 통을 들어 위아래로 흔들며 충분히 물기를 뺍니다. 쓰레기통의 위치를 확인하고, 물이 떨어지지 않도록 재빠르게 이동합니다.

빠르게 이동하려고 하면 바닥에 물방울이 떨어질 듯 흩날립니다. 반대로 물이 떨어지지 않도록 천천히 이동하면 그새 물방울이 떨어지죠.

즉, 아무리 발버둥쳐도 물은 떨어진다는 사실!

소요 시간

30초

이걸 어째 지수
60%

콕콕 살림 조언

일단 비닐 팩에 넣어서 쓰레기통에 넣습니다.
(36세, 여성)

63

싱크대엔
너무 작은 거름망을
무리하게 늘려 끼우기

이름

거름망의 성장

음식물 쓰레기를 정리한 후에는 새로운 싱크대 거름망을 끼우는 일이 남아 있습니다. 여기서 또 자잘하지만 귀찮은 집안일이 생깁니다.

슈퍼에서 산 거름망이 애매하게 작을 때, 포기하지 않고 어떻게든 늘려서 끼워 넣어야 합니다. 막상 싱크대 거름망을 사려고 하면 원형, 삼각형 같은 배수구 형태뿐만 아니라 크기까지 확인해야 하죠.

하지만 자기 집 싱크대 배수구가 어떤 크기인지 제대로 알고 쓰는 사람은 거의 없습니다. 그래서 대충 S 사이즈 거름망을 사곤 합니다.

거름망 크기 따위는 전국적으로 통일하면 좋을 텐데 말입니다.

소요 시간

이걸 어째 지수

콕콕 살림 조언

실패하지 않으려면 비싸도 큰 사이즈를 사면 됩니다.
(37세, 여성)

64

저렴한 쓰레기봉투가
찢어질 정도로 얇아서
두 장씩 겹치는 일

이름

쓰레기봉투 짝짓기

세일 때 저렴하게 산 쓰레기봉투는 절약에 도움이 되는 존재입니다. 하지만 때로는 너무 얇은 봉투도 있으니 조심해야 합니다. 과자 박스, 두꺼운 종이, 신선식품이 들어 있던 플라스틱 용기 모서리, 시든 꽃줄기나 옷걸이. 이렇게 일반적으로 가정에서 나오는 쓰레기 중, 조금만 딱딱한 부분에 걸려도 쉽게 찢어질 정도로 얇은 봉투도 있습니다. 이미 쓰레기봉투의 역할을 다하지 못하는 상태지요.

살짝 찢어진 상태를 신경 쓰지 않고 그대로 쓰레기장까지 가져가면 비극이 일어납니다. 쓰레기의 무게 때문에 구멍이 급격하게 커져서 길이나 아파트 복도에 쓰레기가 나뒹굴게 되지요. 할 수 없이 새로운 쓰레기봉투를 꺼내 이중으로 감싸 버릴 수밖에요. 음, 결국 돈이 더 들었네.

소요 시간 2분

이걸 어째 지수 55%

콕콕 살림 조언

구멍이 뚫리면 박스 테이프로 막으면 됩니다.
(42세, 여성)

65

쓰레기봉지 입구를
꽉 묶었는데,
쓰레기가 또 등장해
묶은 봉투 다시 풀기

이름

개폐 지옥

'쓰레기도 정리했고, 이제 잘까…….'

하지만 좀처럼 생각대로 되는 법이 없습니다.

밥 먹은 후 마신 녹차 티백. 리필한 샴푸 봉투. 페트병에서 떼어낸 라벨. 오늘은 더이상 쓰레기가 나오지 않을 거라고 확신했는데 또다시 쓰레기가 나왔습니다. 그리고 후회에 빠집니다.

'쓰레기봉투 묶지 말 걸 그랬네…….'

우선 쓰레기봉투를 묶은 틈새로 집어넣어 봅니다. 하지만 너무 꽉 묶은 탓에 틈새는 거의 없는 상태. 더는 힘들겠다는 판단을 내리고 쓰레기봉투를 강제로 열어봅니다. 묶기는 쉬운데 다시 풀려면 상당히 고생이죠.

그리고 맹세합니다. 쓰레기봉투는 세게 묶지 말아야지!

소요 시간

3분

이걸 어째 지수

75%

◊ ◊ ◊

콕콕 살림 조언

쓰레기봉투 묶기는 쓰레기를 완벽히 버린 후가 기본.
(42세, 여성)

66

가족이 도와준 일이
마음에 들지 않아
어찌 지적할지 고민하는 일

이름

감사의 뒤끝

쓰레기를 치우고 나서 새로운 쓰레기봉투를 끼워두지 않았을 때. 욕조를 닦았는데 솔이 바닥에 나뒹굴 때. 물을 받은 후 욕조 뚜껑이 열린 상태일 때. 빨래를 걸었는데 옷걸이는 그대로 걸려 있을 때. 빨래를 개고 나서 넣어둔 장소가 엉망진창일 때. 분명히 집안일을 분담해도 손이 가는 일이 끝없이 기다리지요.

여기서 의문이 생깁니다.

조금만 노력하면 완벽해질 텐데 왜 한 걸음 더 내디딜 수 없는 걸까? 왜 이 상태 그대로 괜찮다고 생각하는 걸까? 왜 이렇게 하다 말고는 다 끝냈다고 생각하는 걸까? 머릿속에서 이런 의문과 함께 짜증이 점점 커지면서 감사 인사를 건넬 기분이 사라집니다. 그리고 저도 모르게 가시 돋친 말로 지적합니다.

고맙지 않은 건 아닌데…….

소요 시간

이걸 어째 지수

콕콕 살림 조언
먼저 감사를 전하는 일을 잊지 말도록 해요.
(37세, 여성)

부부싸움 후
주방에 틀어박혀
가스레인지 닦기

이름

주방콕

아무리 사이좋은 집이라도 부부싸움은 피할 수 없는 법. 싸워도 그 자리에서 화해 하면 좋겠지만 현실은 좀처럼 쉽지 않죠. 서로 마주치기도 싫지만 그렇다고 딱히 갈 곳도 없습니다.

이럴 때는 내 구역인 주방으로 향합니다. 그렇습니다. 주방에 틀어박히는 겁니다. 처음에는 크게 한숨을 쉬기도 하고, 차를 마시고, 바삭한 과자를 우적우적 소리 내면서 먹어보고, 염불 외듯 중얼중얼 불만을 토로해보지만, 점점 할 일도 사라집 니다.

그러다 문득 정신 차리고 보니 저도 모르게 싱크대에 낀 물때, 화구에 눌어붙은 때를 박박 닦고 있네요.

그리고 깨달았습니다. 어, 부엌이 깨끗해졌다…….

소요 시간

이걸 어째 지수

콕콕 살림 조언

주방에는 식자재가 있으니 장기전에 딱 좋아요.
(45세, 여성)

68

앉은 자세로
뛰어오르면서
매트리스 커버 씌우기

이름

제자리 점프

침대 시트를 교체하는 일은 집안일 중에서도 상당히 귀찮습니다.

시트는 크기도 크지만 한꺼번에 여러 장을 빨래하기 힘들지요. 가족 전체 분량은 여러 번에 걸쳐 세탁기를 돌려야 하고 무거워서 널기도 어렵습니다. 잘 건조되도록 펼쳐서 너는 것조차 힘이 들어요.

그리고 마지막에는 시트를 끼우는 일이 남아 있습니다. 매트리스의 세 모서리에 끼울 때까지는 비교적 쉽지만, 마지막에 남은 모서리는 귀찮음의 끝판왕입니다. 시트가 빳빳하게 펴진 상태라 좀처럼 제대로 모서리에 걸리지 않기 때문이에요. 게다가 매트리스 위에 앉아서 끼우면 매트 무게에 자기 체중까지 더해져 더더욱 옴짝달싹할 수 없지요. 이렇게 되면 매트리스 위에서 점프하면서 시트 모서리를 한꺼번에 넣을 수밖에 없……

3, 2, 1, 간다!

소요 시간 **10**초　　이걸 어째 지수 **50**%

콕콕 살림 조언

안쪽부터 끼우면 바깥쪽에서 끝나니까 그나마 편해요.
(48세, 여성)

나란히 누워 있다가
가로로 자는 아이
돌려놓기

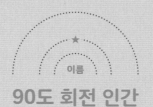

이름

90도 회전 인간

편안한 잠을 방해하는 존재는 코골이뿐만이 아닙니다.

아이가 발로 한 번 차기만 해도 단번에 잠이 달아납니다. 분명 세로로 나란히 누워서 잠들었는데 어느 순간 아이가 가로로 누워 제 옆구리를 차기도 합니다.

그 상태로 자도 상관은 없지만 아이는 100퍼센트 다시 저를 발로 차겠지요. 그래서 아이가 깨지 않도록 조심스럽게 다시 세로로 돌려놓습니다. 그러다 움직임 때문에 눈을 뜨기라도 하면 귀찮은 일이 벌어지니, 아주 살짝, 조심스럽게…… 냉정하면서도 신중히……. 무방비 상태의 아이는 무척 무거우니 허리가 삐끗 나가지 않도록 조심해야 합니다.

발끝을 가운데에 두고 데굴데굴 굴리는 방법도 효과적입니다. 조금 지나 다시 눈을 뜨니 세로로 눕긴 했는데 위아래 거꾸로 자는 아이의 모습이…….

부탁이니까 얼굴만은 발로 차지 말아줘!

소요 시간  이걸 어째 지수

콕콕 살림 조언

움직이면 아이가 깰 수 있으므로 어른이 자는 위치를 바꿔요.
(32세, 여성)

오늘 뭐 했지,
하다 보면
하루가 끝나는 일

이름

24시간이 부족해

← to be continued tomorrow

집안일을 하다 보면 눈 깜짝할 사이에 하루가 끝납니다.

'어? 벌써 하루가 끝났다고? 농담하지 마!' '어라? 오늘 한 발자국도 밖에 안 나갔는데? 하고 싶은 일 아무것도 못 했는데?'

하루가 끝났다는 사실을 믿을 수 없을 정도로 빠르게 시간이 흐릅니다. 대충 하려면 얼마든지 대충 할 수도 있습니다. 가끔은 보고도 못 본 척하는 것도 중요합니다.

하지만 성실한 사람일수록 이름 없는 집안일을 하나씩 해내면서 집안일의 무한반복에 빠지게 됩니다. 말 그대로 눈 깜짝할 사이에 하루가 끝나곤 하죠. 이러다보니 1년도 순식간에 지나가네요!

소요 시간
24시간

이걸 어째 지수
99%

콕콕 살림 조언

집안일은 힘을 빼고, 완벽을 목표로 하지 않는 것만이 답입니다.
(47세, 여성)

우메다 사토시
@3104_umeda

육아휴직 4개월 쓰고 느낀 점
- 모유 수유 이외에는 남자도 할 수 있다
- 아이 돌보기에 익숙하지 않다는 얘기는 핑계
- 육아는 둘이 하면 딱 좋음
- 이름 없는 집안일 너무 많음
- 육아하면서 실수하면 생사와 직결
- 24시간 긴장 상태가 이어짐
- 대화가 되는 어른은 오아시스 같은 존재
- 회사에서 일하는 게 더 편함
- 일하는 게 편함
- 일하는 게 편함
- 일하는 게 편함

15:15 2019/04/11 Twitter Web Client

5.5만회 리트윗   **좋아요** 13.2만회

이 책이 나온 계기는 불과 135글자 정도의 트위터였습니다.
이 트위터를 계기로 정말 많은 사람이 공감의 목소리를 보내 주셨습니다.

"완전 사이다 발언!" "정말 그래요"
"너무 공감하며 끄덕여서 목이 부러지는 줄 알았어요"

그래서 저는 생각했습니다.
집안일과 육아가 얼마나 힘든지, 지금까지 말로 표현한 적이 없었구나.
표현하면 안 되는 분위기가 확실히 존재했구나, 하고 느꼈습니다.

그리고 저는 결심했습니다.
'이름 없는 집안일에 이름을 붙이는' 일을 하면서
아무리 해도 끝나지 않는 집안일을 보이도록 만들고, 얼마나 힘든지,
존경과 대단함을 주위에 전하고 싶다고요.

여러분도 부디 이 물결에 동참해 주시길 부탁드립니다.
주변에 이름 없는 집안일에 이름을 붙이면서 SNS에 공유해 주세요.
그것만으로도 마음이 홀가분해지는 사람들이 있을 것입니다.

#이름없는집안일에이름붙이기

집안일은 끝이 없다.
그러기에 더더욱
완벽할 수 없다.

마지막까지 읽어 주셔서 감사드립니다.

이 책에서는 이름 없는 집안일 중에서도 특히 공감을 얻은 70가지 항목을 소개했습니다. 여기에 싣지 못한 이름 없는 집안일도 셀 수 없을 정도로 많습니다. 마음만 먹으면 무한히 발견할 수 있지 않을까요.

매일 바쁜 일상 속에서 집안일에 쓰는 시간은 정해져 있습니다. 한정된 시간 내에 무한한 집안일을 완벽하게 하기……. 애초에 아무리 집안일에 익숙한 사람이 최대한 효율적으로 움직여도 불가능한 일입니다

여기서 중요한 점은 '완벽하게 하기란 애초에 무리!'라고 가볍게 내려놓는 마음가짐이 아닐까요. 성실한 사람일수록 완벽을 추구하기 쉽습니다. 그러면 더 괴로워져서 점점 집안일이 싫어집니다.

그 대신 "이렇게나 일이 많으니 어차피 완벽하지 않아도 괜찮아"하고 생각하면 마음은 가벼워집니다. "이렇게 하는 것만으로도 훌륭해"하고 스스로 칭찬하는 마음의 여유가 생기기도 하고, "이렇게 많으니 다같이 해야겠네"하고 집안일 분담에 관해 이야기를 나누기도 하고요. 긍정

완벽하지 않아도 되잖아!

적으로 생각하면 한결 나은 방향이 보이지 않을까요. 이 책이 작게나마 그 계기가 되어준다면 더는 바랄 것이 없습니다.

마지막으로 우리 집도 완벽함에서 아주 멀리 떨어진 상태라는 사실을 고백합니다.

이 책은 수많은 분이 도와주신 덕분에 완성되었습니다.

이름 없는 집안일이라는 말은 다이와하우스 그룹과 NPO법인 tadaima!가 제창한 개념입니다. 이 책의 '이름 없는 집안일에 이름을 붙인다'는 개념은 두 회사에서 매우 유용한 문제를 제기해 주신 덕분에 태어났습니다.

함께 발맞추어 도와주신 선마크 출판사 편집자에게도 무척 신세를 졌습니다. 여러 어려운 문제들을 뛰어넘느라 고군분투하는 편집자의 모습은 옛날 제 모습과도 겹치는 점이 많아서 자연스럽게 끈끈한 동료 의식이 생겼습니다.

이런 남자 두 명을 지원해 주신 일러스트레이터 야마사키 미노리 씨, 선마크 출판사의 여성 여러분, 사전 설문에 대답해 주신 분들은 제가 놓쳤던 관점에서 다양한 조언을 해 주셨습니다. 여러분의 의견이 없었다면 저 혼자 떠드는 책이 되었을 것입니다. 정말 감사드립니다.

그리고 아내, 고양이, 장남, 가족 모두에게 가족의 소중함은 물론 집을 가꾸는 일의 가치와 얼마나 집안일이 힘든지 매일 배우고 있습니다. 고집이 세고 자기주장이 강한 저는 앞으로도 제가 할 수 있는 일을 찾아서 열심히 매진하는 자세를 잊지 않으려고 합니다. 가족들과 생각보다 자주 싸우기도 하지만 사이좋게 서로 도와가며 인생을 즐기면서 살아가고 싶습니다.

2019년 8월, 우메다 사토시

체크리스트

70가지 이름 없는 집안일을 다음과 같이
장소와 장르별로 게재했습니다.

☑   이름 없는 '주방' 집안일
☑   이름 없는 '장보기' 집안일
☑   이름 없는 '청소와 정리' 집안일
☑   이름 없는 '세탁' 집안일
☑   '교체'하는 집안일
☑   '소통'하는 집안일
☑   '무언가 찾는' 집안일
☑   이름 없는 '육아' 집안일
☑   이름 없는 '그 외' 집안일

한 일에 체크하고 칭찬해 줍시다!
가족이 있다면 이름 없는 집안일을 한 사람의 이름을 체크란에 적어보고
집안일 분담 시트로 만들어봅시다!

● 이름 없는 '주방' 집안일

번호	항목	이름	쪽수	체크
01	설거지 후 식기 건조대에 둔 그릇 물기를 확인하면서 원래 자리에 놓기	제자리 찾아주기	34쪽	
02	밀폐용기에 맞는 뚜껑 찾아 끼워 맞추기	밀폐용기 증후군	36쪽	
03	물통을 닦다가 손가락을 집어넣어도 안 나올 정도로 낀 스펀지 꺼내기	스펀지의 가출	38쪽	
04	병뚜껑이 꽉 닫혀 절규하면서 열기	뭉크의 절규	40쪽	
07	여기저기 널린 수건 냄새 맡아 세탁할지 판단하기	냄새 감별	46쪽	
24	마트에서 사 온 콩, 집에서 얼마나 키울 수 있을지 한계에 도전하기	주방 농사	82쪽	
25	유통기한이 며칠 지난 식품, 먹어치우는 일	셀프 인체실험	84쪽	
26	냉장고 안 식재료를 확인하다 '삐삐' 경고음이 울릴 때	쿨한 경고	86쪽	
27	혼자 점심 먹을 때 주방에 선 채로 끼니 때우기	스탠딩 런치	88쪽	
41	방송용 주부들 부러워하다가 반찬이나 더 만들어보기	현실 주부	118쪽	
54	채소 썰다가 싱크대에 굴러떨어진 부분 얼른 줍기	탈락자 구출 작전	146쪽	
55	전자레인지 '자동' 모드를 불신해 우왕좌왕하는 일	수동적 자동 모드	148쪽	
59	낫토를 담은 그릇을 닦으니 수세미도 낫토 범벅이 된 일	끈적끈적 역습	156쪽	
60	밥그릇에 붙은 딱딱한 밥풀을 떼려다 손톱 사이에 밥풀 장착	밥풀의 공격	158쪽	
61	빈 페트병을 씻어서 찌그러트렸더니 남은 액체가 흘러나온 일	한 방울 주의	160쪽	
63	싱크대엔 너무 작은 거름망을 무리하게 늘려 끼우기	거름망의 성장	164쪽	

● 이름 없는 '장보기' 집안일

번호	항목	이름	쪽수	체크
18	전기자전거 배터리 10퍼센트밖에 안 남아 절약 모드로 버티기	배터리 카운트다운	68쪽	
44	장보기 메모를 집에 두고 와서 기억을 더듬으며 식재료 구입하기	내 머릿속의 메뉴	124쪽	
45	분명 다 쓴 것 같아 사 왔더니 냉장고에서 열지도 않은 새것 발견	삼중 구입	126쪽	
46	다릿살과 가슴살 중, 어느 쪽이 부드러운지 찾아보기	흔들리는 부위	128쪽	
47	슈퍼에서 아이가 좋아하는 캐릭터 못 보도록 쇼하기	정신 분산 작전	130쪽	
48	어느 계산대 줄에 서면 빠를지 추리하는 일	당첨 계산대	132쪽	
49	저녁 메뉴를 물어봐도 답이 없어서 계산하려는 순간	두 번 줄서기	134쪽	
50	비닐봉지가 잘 펴지지 않을 때 손가락에 침 묻히기	셀프로 촉촉하게	136쪽	

● 이름 없는 '청소와 정리' 집안일

번호	항목	이름	쪽수	체크
09	아이가 풀어놓은 두루마리 휴지 묵묵히 되감는 일	휴지 역회전	50쪽	
14	로봇청소기 돌리기 전, 널브러진 짐 피난시키	로봇 길 뚫기	60쪽	
16	현관에 쌓인 택배 상자 피하려다 발가락이 다른 물건에 부딪쳐 절규한 일	장애물 피하기	64쪽	
23	분명 내가 묻히지 않은 변기 때인데 내가 청소하는 일	화장실 신	80쪽	
29	지저분한 집은 연말 대청소할 때 치우려고 무한 연기 중	대대대대 대청소	92쪽	

33	뒤집힌 슬리퍼 바닥이 더러워 놀랐다가 그냥 제자리에 놓기	바닥의 세계	100쪽	
37	물이 잘 안 빠지는 더러운 배수구, 물로만 세게 쏘기	물줄기 발사	110쪽	
56	약간 더러운 행주로 식탁을 닦다가 세균 광고 생각	세균 환각	150쪽	

● 이름 없는 '청소와 정리' 집안일

번호	항목	이름	쪽수	체크
30	창문을 매일 닦으면 좋은 운동이 되겠다고 생각만 하기	창문 스트레칭	94쪽	
34	물건을 버리려다가 결국 아무것도 버리지 못하고 시간만 낭비하기	추억 청소	102쪽	
38	청소기 먼지통 비우는 순간, 작은 먼지가 피어올라 다시 청소기 돌리기	먼지의 춤	112쪽	
39	분명 완벽하게 청소했는데도 다시 청소하기	음모의 음모	114쪽	
40	소파에 누워 세탁기 작동 소리는 잠시 흘려듣기	알림은 무시	116쪽	
64	저렴한 쓰레기봉투가 찢어질 정도로 얇아서 두 장씩 겹치는 일	쓰레기봉투 짝짓기	166쪽	
65	쓰레기봉지 입구를 꽉 묶었는데, 쓰레기가 또 등장해 묶은 봉투 다시 풀기	개폐 지옥	168쪽	

● 이름 없는 '세탁' 집안일

번호	항목	이름	쪽수	체크
08	손빨래할지 세탁기로 돌릴지 판단하기	세탁법 선택	48쪽	
12	욕실 바닥에 양말이 젖어 빨랫감만 추가	습지대 등장	56쪽	
19	남아 있는 빨랫감 보면서 건조대의 옷걸이 간격 업데이트하기	간격의 감각	72쪽	

| 20 | 이불 널 때마다 손가락으로
건조대를 닦아보며 먼지 확인하기 | 시어머니의 손끝 | 74쪽 | |

● '교체' **집안일**

번호	항목	이름	쪽수	체크
05	가족들이 아무 생각 없이 쓰는 고급 티슈 저렴으로 바꾸기	티슈 격차	42쪽	
11	가습기의 물 보충 표시 못 본 척하다 건조함에 시달리기	우리 집은 사막	54쪽	
31	세제를 리필하다 콸콸콸 흘러 끈적끈적한 바닥 닦기	리필하다 분노 리필	96쪽	

● '교체' **집안일**

번호	항목	이름	쪽수	체크
62	음식물 쓰레기, 쓰레기통으로 향하다가 물방울이 뚝	쓰레기의 반항	162쪽	
68	앉은 자세로 뛰어오르면서 매트리스 커버 띄우기	제자리 점프	174쪽	

● '소통' **집안일**

번호	항목	이름	쪽수	체크
28	후줄근한 차림일 때 택배 벨이 울려 긴급 변신하기	출동 준비	90쪽	
57	'알았어'라는 문자 마지막에 '^^' 정도는 붙이기	섭섭한 응답	152쪽	
66	가족이 도와준 일이 마음에 들지 않아 어찌 지적할지 고민하는 일	감사의 뒤끝	170쪽	

| 67 | 부부싸움 후 주방에 틀어박혀 가스레인지 닦이 | 주방콕 | 172쪽 | |

● '무언가 찾는' 집안일

번호	항목	이름	쪽수	체크
15	집을 나서기 직전, 열쇠가 사라져 옷이나 가방을 떠올리며 뒤지는 일	열쇠 레이더	62쪽	
17	밖에 나가자마자 비가 내려 우산 가지러 가기	우천 시 컴백	66쪽	
21	빨래 바구니에 양말 한 쪽만 있어 짝 찾아 집안 뒤지기	양말 짝꿍	76쪽	
22	제자리에 있어야 할 가위를 못 찾은 나머지 아무 데나 둔 범인 추정찾기	가위 실종	78쪽	
36	사고 싶은 물건이 있는데 이름이 생각나지 않아 검색 포기하기	너의 이름은	108쪽	
42	아껴둔 과자가 없어져 용의자 얼굴이 떠오른 순간, 과자 다시 등장	과자 실종 의혹	120쪽	
43	카페에 자리가 없어 돌고 돌다 지쳐 반찬만 사서 집으로	카페 난민	122쪽	
51	계산대에서는 안 보이던 포인트 카드가 계산 후 나타나는 일	갑자기 뿅	138쪽	

● 이름 없는 '육아' 집안일

번호	항목	이름	쪽수	체크
13	뭐든 스스로 해보려는 아이를 도와주려다 시간이 더 걸리는 일	내가 할거야	58쪽	
35	아이가 잠에서 깨지 않도록 유모차 바퀴를 들어 올려 끌기	유모차 곡예	104쪽	

52	마트에서 투정 부리는 아이에게 엄마 먼저 간다고 하고, 사각지대에 숨기	마트 숨바꼭질	140쪽	
58	직접 만든 반찬만 남아 혼자 전부 먹어치우기	요리 패스	154쪽	
69	나란히 누워 있다가 가로로 자는 아이 돌려놓기	90도 회전 인간	176쪽	

● **이름 없는 '그 외' 집안일**

번호	항목	이름	쪽수	체크
06	오늘은 절대 화내지 않겠다고 굳게 다짐한 직후의 일	분노 여신	44쪽	
10	안 맞는 시계 돌려놓기 귀찮아 머릿속으로만 바꾸기	시계로 뇌 훈련	52쪽	
32	완벽한 계획을 세웠는데 기분이 가라앉아 일할 마음이 확 사라질 때	퇴근 타이밍	98쪽	
53	택배 올 시간에 맞춰서 서둘러 집에 오기	택배 신데렐라	144쪽	
70	오늘 뭐 했지, 하다 보면 하루가 끝나는 일	24시간이 부족해	178쪽	

이름 없는 집안일에
이름을 지었습니다

1판 1쇄 발행 2021년 10월 10일

지은이 우메다 사토시 | **옮긴이** 박세미

발행인 정경진 | **편집** 김진희
표지 디자인 [★]규 | **본문 디자인** [★]규, 마인드윙
교열 김화선 | **마케팅** 김찬완 | **홍보** 이선유 | **온라인 마케팅** 유선사

펴낸 곳 ㈜알피코프 | **출판등록** 제2012-000067호(2012년 2월 22일)
주소 서울 강남구 영동대로 315, 비1층(대치동) | **문의** 02-2002-9880
블로그 the_denstory.blog.me

ISBN 979-11-91221-14-5 (03830)
값 13,000원